LA PETITE FILLE
DU PASSAGE RONCE

ESTHER SENOT
ISABELLE ERNOT

LA PETITE FILLE DU PASSAGE RONCE

BERNARD GRASSET
PARIS

ISBN 978-2-246-82613-2

J'avais quinze ans lorsque j'ai été déportée à Auschwitz-Birkenau. J'ai survécu là où une grande partie de ma famille a été assassinée. Depuis trois décennies, je témoigne de mon histoire et du génocide des Juifs d'Europe auprès des collégiens et lycéens. Ce livre vient conforter un engagement enraciné dans la terre d'Auschwitz auprès de mes disparus. Soixante-quinze ans après la fin de la guerre, je suis heureuse qu'il me permette, aujourd'hui et pour demain, de faire vivre une promesse et forme le vœu qu'il contribue à faire entendre notre message, contre la haine, pour la tolérance et le respect de la vie. La plume est tenue par Isabelle Ernot, historienne, rencontrée il y a quelques années à l'Union des déportés d'Auschwitz, notre association qui réunit les survivants. D'ores et déjà, elle œuvre ici à la mise en valeur de cet héritage mémoriel patiemment et douloureusement constitué qui, dans le futur, doit continuer de vivre.

Esther Dzik-Senot

Témoigner

Esther, 13 ans, été 1941

Birkenau,
Printemps 1944,
Camp des femmes,
Block du *Revier*.

« Esther, tu dois tout faire pour t'en sortir. La guerre finira, c'est sûr. Promets ! Promets que tu raconteras ce qui se passe ici, promets pour qu'on ne soit pas les oubliés de l'Histoire !
— Je te le promets, Fanny. »

Neuilly-sur-Marne,
Début 1946,
Hôpital psychiatrique Maison Blanche.

Je flotte.
Dans un lit, toute la journée, je dors.
J'ai avalé des tranquillisants.
Le souvenir d'un lavage d'estomac puis mon transfert vers ce lieu restent vagues.
Durant trois ans, je me suis battue pour survivre. Je me répétais : « Tu es jeune, tu dois vivre, tu vas vivre ! »
J'ai survécu et puis j'ai voulu mourir.

« Bonjour,

Je viens aujourd'hui, devant vous, témoigner de ma vie durant la Seconde Guerre mondiale. Je remercie vos enseignants de m'avoir invitée.

[En France, Paris, quartier de Belleville]

Je m'appelle Esther Dzik. Au début de la guerre, j'ai onze ans. Je suis née en janvier 1928 en Pologne, à Kozienice, une petite ville située à une centaine de kilomètres au sud de Varsovie. J'ai deux ans lorsque je pose le pied en France, en 1930. Je suis alors la petite dernière, sixième enfant née après quatre frères, Israël, Maurice, Samuel, Marcel et quatorze mois après ma sœur Fanny. Mon petit frère Achille est né en France en 1931*.

Ma famille n'a pas fui seulement l'antisémitisme très fort des Polonais mais aussi la misère à laquelle les Juifs, plus ou moins exclus de cette société, étaient condamnés. Mes parents, Gela et Nuchim, voyaient en la France un pays noble où ils espéraient une vie libérée. Notre migration s'est déroulée dans le cadre de la fratrie de ma mère, les Friedman. Des oncles maternels sont d'abord venus puis les

---

* Un arbre généalogique est présenté p. 94.

différentes branches de la famille ont suivi. Les liens ont été maintenus dans les années 1930 avec la Pologne où demeuraient mes grands-parents, Leiser et Malka, et ma tante Tauba qui y avait fondé une famille. En France, une nouvelle vie a commencé pour ma mère, sa sœur Bella et leurs quatre frères, eux-mêmes maris et pères. Du côté de mon père, Nuchim, je sais peu de choses, seulement que l'un de ses frères était parvenu à partir au Brésil. Les autres membres n'ont pas laissé de souvenirs…

D'une branche familiale à l'autre, comme ma grand-mère Malka, ma mère a eu sept enfants. Ayant choisi de donner à ses fils le prénom de ses frères, il n'est pas toujours facile de s'y retrouver !

Arrivés en France avec de faibles ressources, nous étions une famille pauvre. Sans l'appui de la fratrie maternelle, je ne pense pas que mes parents, âgés alors d'une quarantaine d'années, auraient pu entreprendre cette migration, d'un côté de l'Europe à l'autre. Mon père Nuchim souffrait de problèmes gastriques invalidants ; à ma mère Gela, la vie n'avait pas fait de cadeau, la faisant naître avec un pied-bot et une main atrophiée. Mais surtout un cœur d'or. Mon père était cordonnier mais je ne l'ai jamais vu exercer son métier. Le soutien de mes frères aînés était vital.

Notre fratrie était spécialisée dans la confection, sans doute la profession la plus répandue parmi les immigrés juifs polonais. En Pologne, le grand-père, qui avait une petite entreprise, y avait formé ses fils, sa fille Bella aussi, et parmi les petits-fils, mes frères… À Paris, dans les premiers temps, mes deux aînés, Israël et Maurice, trouvent de petits boulots, puis ce sont Samuel et Marcel qui arrivent en âge de soutenir la maison. Dans la famille, tout le monde tire l'aiguille et manie le ciseau.

Mes parents ne parlaient que le yiddish. Je suppose qu'ils connaissaient le polonais. S'ils n'ont jamais vraiment appris le français, mes aînés s'y sont mis très vite. Pour Fanny, Achille et moi, le français est l'une de nos langues maternelles. Aujourd'hui, je ne parviens pas même à me rappeler si je parlais yiddish. Mais forcément oui ! puisqu'il était notre langue d'échange à la maison. Il ne m'en reste presque rien.

En francisant les prénoms de leurs enfants, les familles juives polonaises manifestaient leur volonté d'intégration. Chez nous, Maurice était né Mendel, Maylich est devenu Marcel, et Szmul, Samuel, tandis que Faïga était décliné en Fanny. Pour Achille et moi, c'était plus simple.

C'est dans le douzième arrondissement que la famille atterrit d'abord, dans la petite rue de la Voûte, en contrebas du cours de Vincennes. Nous y restons peu de temps avant de gagner le vingtième arrondissement, d'abord passage de Gênes puis passage Ronce, au numéro 10. De ruelle en ruelle.

Les frères et la sœur de ma mère avaient déjà posé leurs valises dans ce quartier de Belleville, vivant à quelques rues les uns des autres. Ainsi, à l'autre bout de l'Europe, la famille se trouvait presque reconstituée ! À l'époque, nombre d'immigrés juifs d'Europe centrale et orientale trouvaient un premier logement dans ces secteurs de la capitale, nord, est, et faubourgs des communes limitrophes.

Nous, Juifs originaires de Pologne, je pense que nous étions les plus nombreux. On croisait des Juifs venus de Russie et d'autres pays slaves, et aussi de Grèce, de Turquie... Il faut savoir que dans les premières décennies du vingtième siècle, la France était perçue un peu comme une terre promise. Beaucoup de Juifs fuyaient la misère et l'antisémitisme, fondant une espérance profonde en ce pays. Dans notre imaginaire familial, c'était un peu une anti-Pologne ! Les mots de liberté et d'égalité faisaient rêver une population condamnée à la pauvreté, à l'exclusion, terrorisée par les pogroms ou leur menace. Certains ont poussé plus loin, jusqu'en Amérique.

Ce logement, passage Ronce, était le troisième que nous occupions en moins d'une décennie. On peut dire qu'il était très modeste. Dans cette ruelle étroite, où ne passaient pas les voitures, il s'agissait d'une bâtisse de deux étages. Au rez-de-chaussée, une vitrine signalait une boutique, au second, c'était déjà les combles, aménagés. Nous occupions les deux appartements du premier étage, des deux-pièces cuisine. De l'un à l'autre, il fallait passer par le palier où se trouvaient aussi l'eau et les WC. Quatre pièces, plutôt petites, ça ne faisait pas beaucoup d'espace pour toute la tribu.

Dès cette époque, tout en restant proches de nous, mes deux frères aînés avaient pris leur indépendance. En parallèle de son activité de tailleur, Israël militait aux Jeunesses communistes, se livrant à une intense activité politique : réunions, distributions de tracts, de journaux... À la maison, j'ai souvent vu traîner *L'Avant-garde*. Maurice, également tailleur, s'était engagé dans l'armée française – déjà en Pologne, il s'était montré passionné par la carrière des armes. Il a obtenu rapidement la nationalité et s'est marié en 1937 avec Anna Galazka, d'origine polonaise elle aussi. Leur petit Henri est né en 1938.

Il arrivait que mes deux autres frères, Samuel et Marcel, travaillent à façon à la maison. Nous, les trois plus jeunes, allions à l'école communale : Fanny et moi, rue de Tourtille et Achille, rue Ramponeau. En 1938, Fanny passe son certificat d'études. Excellente élève, elle souhaite poursuivre. Je sais que notre misère lui était insupportable. Très proche de ma tante Bella, elle vit entre chez nous et chez elle, rue Piat. Bella avait une quinzaine d'années de moins que ma mère, elle était plus moderne, plus intellectuelle aussi. Séparée de son mari, elle assumait son autonomie, travaillant dans la confection tout en élevant sa fille Lydie, ma cadette d'une année. Autant Fanny est élégante, féminine, douce, autant je suis un peu garçon manqué, avec un caractère bien affirmé... Une petite rivalité anime nos relations. J'ai quelquefois l'impression que nous n'appartenons pas au même monde. Mais je travaille très bien aussi à l'école. Dans cet environnement populaire, nous sommes un peu livrées à nous-mêmes. Une autonomie qui me va.

À l'été 1939, la déclaration de guerre bouleverse le pays. Notre inquiétude est double. L'Allemagne vient d'envahir la Pologne où vivent nos proches. Après avoir subi la haine des Polonais, nous sommes conscients de celle des Allemands, qui apparaît sans limite. Mais finalement, au fil des semaines, l'absence d'affrontement avec le voisin rassure un peu. La guerre est en sourdine mais on ne l'oublie pas – et le masque à gaz que nous devons emmener à l'école nous la rappelle quotidiennement.

Tout change en mai 1940. Le 10, la France est attaquée, envahie par le nord et l'est. La débâcle de l'armée arrive très vite. Une grande partie des populations directement affectées par l'avance fulgurante des troupes allemandes fuit dans un mouvement général de panique. Sur les routes, c'est l'exode. Les Parisiens partent vers le sud et l'ouest.

Nous, nous restons. Du passage Ronce, nous ne bougeons pas. Où pourrions-nous aller, sans moyens. Peut-être aussi que notre exode, nous l'avions déjà fait, quelques années auparavant, en nous mettant en route vers l'ouest. Ce n'était pas une fuite mais un peu quand même, devant la persécution et la misère forcée.

La capitulation qui est arrivée très vite a ramené chez elle la population parisienne. La vie a repris son cours. Mais désormais, sous la botte allemande. Et pour nous, Juifs, les changements sont arrivés rapidement.

Les nazis, qui avaient pris possession de l'État allemand en 1933, avaient immédiatement détruit sa vie démocratique et instauré un régime totalitaire. Celui-ci, fondamentalement antisémite et raciste. Ils s'étaient aussi montrés extrêmement agressifs envers les pays limitrophes, commençant à grignoter des territoires… Nous étions au courant de la situation des Juifs allemands. Elle s'était rapidement fragilisée jusqu'au danger. Ils avaient souffert de persécutions, de spoliations, de l'internement en camps de concentration. Des milliers avaient quitté le pays. Forcés, perdant tout, ou d'eux-mêmes, pressentant de plus graves problèmes. C'est ce régime qui venait de conquérir la France et qui l'occupait…

À cause de l'invasion, je n'ai pas pu passer toutes les épreuves du certificat d'études, de sorte que je n'en ai aujourd'hui encore que la moitié ! Mais une transition arrivait de toute façon pour moi : à l'automne 1940, je change de vie, pour moi l'école, c'est fini, j'ai douze ans et demi et la scolarité obligatoire s'arrête avec le certificat. Je commence à travailler chez un fabricant de chaussures dont l'atelier se trouve en bas de la rue de Belleville, à proximité de la rue de Tourtille. À mon tour d'apporter un petit quelque chose à l'économie familiale.

À cette époque, je n'ai pas conscience de la gravité des mesures prises à l'encontre des Juifs. Je ne garde pas de souvenir de l'adoption du « statut des Juifs » par les autorités françaises au début d'octobre 1940 qui les exclut de certaines professions. Ces mesures, qui concernaient surtout les Juifs français, étaient loin de mon univers. Mon premier souvenir de la politique antisémite est lié à l'obligation du recensement.

Nous avons dû aller nous déclarer auprès des autorités « en tant que Juifs ». Français et étrangers se trouvaient là placés sur un pied d'égalité… Les Allemands étaient à l'origine de cette ordonnance mais ce sont les autorités françaises qui ont accepté de se charger des opérations[1]. C'est ainsi qu'elles ont commencé à constituer un fichier spécifique, sur une base « raciale ».

Ma famille souhaitant plus que tout être en règle avec notre pays d'accueil, nous nous sommes déclarés. À cette époque, j'entends évoquer aussi d'autres mesures adoptées à l'encontre des Juifs et notamment celle qui permet l'internement des étrangers – nous nous sentons concernés...

C'est ce recensement qui a conduit à la première atteinte portée à notre tissu familial, seulement quelques mois plus tard. Au printemps 1941, mon frère Marcel est arrêté et immédiatement interné dans un camp.

Vers le début du mois de mai, il avait reçu une convocation officielle qui l'invitait à se présenter au commissariat de police pour « examen de situation ». Cette obligation était adressée uniquement à des Juifs étrangers, hommes, entre dix-huit et soixante ans. Je ne me rappelle pas si mon père et mes autres frères l'ont également reçue. Marcel avait alors dix-neuf ans.

Combien de convocations les autorités françaises avaient-elles envoyées ? On sait maintenant qu'en un seul jour, le 14 mai, des milliers de Juifs ont été « attrapés »[2]. Retenus d'abord dans les commissariats de Paris, ils ont été, dans les heures qui suivaient, transférés dans deux camps, à Pithiviers et Beaune-la-Rolande, dans le département du Loiret, à une centaine de kilomètres au sud de Paris. Si tout s'est enchaîné si vite, c'est aussi parce que tout avait été prévu. Le terme de « rafle » s'est imposé, lié à la convocation et sa couleur, un simple « billet vert ».

À la maison, c'est alors la consternation. Nous savions que cette arrestation ne reposait sur aucun motif, rien ne la justifiait. Ni pour Marcel, pas plus pour les autres. Était-elle dirigée contre les étrangers ou contre les Juifs ?... Au fil des mois, nous avons pris conscience qu'aucune libération n'était prévue.

Permis, les contacts avec les familles étaient aussi très réglementés. S'il était possible d'envoyer des colis, le courrier, c'était seulement une fois par semaine et obligatoirement rédigé en français – pas en yiddish. Se rendre à Pithiviers et Beaune-la-Rolande n'était pas simple. Ma cousine Lydie m'a affirmé que ma mère avait été voir Marcel ; je n'en ai pas gardé souvenir. Il est resté au camp treize mois, de mai 1941 à juin 1942.

Aux femmes, on avait pris un mari, un fils. Il fallait se débrouiller, seule, trouver un emploi, continuer à s'occuper des enfants... Au fil des mois, j'imagine la solitude et la lassitude des internés, le sentiment de l'injustice. L'inquiétude surtout.

Trois mois plus tard, à l'été 1941, c'est une nouvelle attaque dont mon frère Samuel est la victime. Né après Israël et Maurice, il a alors vingt-quatre ans. C'est un garçon très fragile que ma mère nous a appris à ménager. J'avoue que l'attention décuplée qu'elle lui prodiguait m'énervait un peu. Elle nous disait qu'il n'était pas pareil que nous, qu'il fallait être gentil avec lui.

À la fin du mois d'août 1941, il est arrêté dans le onzième arrondissement lors d'une « rafle sauvage », menée conjointement par la police française et la *Feldgendarmerie* durant plusieurs jours, sur la voie publique[3]. Les vingtième et onzième arrondissements ont été particulièrement visés.

On a été mis au courant rapidement de son emprisonnement, dans un camp situé au nord-est de Paris, sur la commune de Drancy. Très inquiète, ma mère craignait pour sa santé. Un deuxième fils lui était pris en moins de quatre mois.

Sans pouvoir le voir, nous avons appris, de manière différée, qu'à Drancy, jugé « souffrant », il avait été transféré à l'hôpital Saint-Louis, dans le dixième arrondissement. Il y est resté une dizaine de jours avant d'être renvoyé à Drancy, début septembre. En un court laps de temps, il a été arrêté, hospitalisé et replacé en internement. Deux mois plus tard, en novembre, il a profité d'une libération collective[4].

Il est revenu amaigri et perturbé. Son état témoignait de très dures conditions subies. Peu nourri, il avait été violenté. La nuit, ses cauchemars nous réveillaient : des policiers le traquaient, le tapaient ; il essayait de leur échapper. Il n'a pas été le seul à vivre un choc : ma mère a perdu plus de dix kilos durant ces trois mois.

En cet été 1941, Samuel a « inauguré » le camp d'internement pour les Juifs ouvert par les autorités à Drancy. À cette époque, il n'y a pas encore de déportation. Quelques mois plus tard, une telle libération aurait été hautement improbable.

Durant les premiers mois de l'année 1942, ma mémoire n'a pas fixé d'événements particuliers, sauf l'angoisse qui s'installe et distille doucement son poison. L'étoile jaune, je la porte à partir de l'obligation, en juin 1942. Il fallait la coudre sur nos vêtements. Toute la famille est concernée, même Achille. À dire vrai, cela ne m'atteint pas. Gamine, j'en mesurais mal la signification.

C'est le mois suivant qu'a eu lieu la déflagration qui a détruit notre famille. En juillet 1942. A posteriori, les arrestations de Marcel et de Samuel apparaissent comme un acte premier dont nous n'avons pas compris le sens profond. Comment imaginer ?

Après la guerre, Lydie m'a appris que la veille, le 15 juillet, la rumeur d'une rafle avait couru dans le quartier. Mes parents l'ont-ils su ? De toute façon, ils n'auraient pas bougé. Où se cacher ?

Les deux précédentes rafles avaient ciblé des hommes. Dans le quartier, certains auraient alors considéré prudent de se camoufler, au moins quelques jours. La majorité des personnes restées dans les appartements étaient les femmes, les enfants et les personnes âgées.

Arrive le 16 juillet 1942.

Au petit jour, une agitation sous nos fenêtres nous réveille. Du passage, des cris montent. Ça gueule. Du premier étage, nous pouvons voir mais Maman nous demande de ne pas nous montrer. Des policiers en uniforme, sans ménagement, font sortir nos voisins des habitations situées en face. Nous en connaissons quelques-uns, au moins de vue. La plupart sont polonais, comme nous. Le constat est vite fait : ils sont en train d'embarquer tous les Juifs et les valises emmenées font imaginer que ce n'est sans doute pas pour quelques heures…

Paniquée, ma mère nous intime l'ordre, à mon père, Fanny, Achille et moi de ne pas bouger.

Les bruits s'éloignent.
Ils quittent le passage.

Combien de temps sont-ils restés dans le passage pour déloger plusieurs dizaines de personnes, les rassembler et les emmener ? Le calme revenu, ma mère demande à Fanny de vite monter chez Bella, rue Piat. Les arrestations auraient-elles concerné d'autres rues ? Tout le quartier ? Elle m'envoie, moi, boulevard Voltaire, chez ma belle-sœur Anna, l'épouse de Maurice. Depuis l'Armistice, mon frère était à Pau, près de son régiment, et Anna, à Paris, avec Henri, leur fils de quatre ans.

Fanny et moi, nous nous séparons dans le passage Ronce.

Je peux vous dire dès maintenant que je ne la retrouverai qu'un an et demi après, au camp de Birkenau, en Pologne, à la fin de l'année 1943.

Marchant vers la place de la République et ne rencontrant aucun obstacle, j'ai supposé terminée l'opération de police.

Ce n'était pas du tout la réalité : la rafle s'est poursuivie sur deux jours entiers, les 16 et 17 juillet.

Boulevard Voltaire, n° 5. Dès le hall, la gardienne de l'immeuble m'informe que je ne trouverai pas Anna chez elle : elle se cache au dernier étage, avec sa sœur et sa mère. Dans une chambre de bonne, je trouve trois femmes, affolées. Anna est d'autant plus anxieuse que son petit Henri est toujours à la pension Zysman, une pension pour enfants située à La Varenne-Saint-Hilaire.

Elle me demande d'aller le chercher.

Tout comme notre famille, les Galazka ont déjà été victimes de la politique antisémite : depuis un an bientôt, le père d'Anna est interné à Drancy, victime de la rafle de l'été 1941. Il n'avait pas, lui, eu la chance d'être libéré.

Je ramène l'enfant sans avoir rencontré de difficulté, effectuant l'aller-retour par la gare de la Bastille[5].

Il est près de 20 heures et le couvre-feu commence. Il est trop tard pour rentrer chez mes parents. Je dois rester dormir boulevard Voltaire. Dans la chambre de bonne, nous voilà cinq, avec Henri. Nous nous serrons. J'imagine l'inquiétude de ma mère, elle qui ne peut se coucher tant que ses fils ne sont pas tous rentrés au bercail.

En cette matinée du 17 juillet, le passage Ronce est particulièrement calme. Je monte. Devant moi : une étiquette reliée à un fil et un bout de cire. C'est la première fois que je vois des scellés. Je comprends l'interdit. Je ne peux entrer chez nous. Je frappe tout de même… Ils avaient scellé notre appartement comme une tombe.

Ma mère, mon père et Achille ont été arrêtés à l'aube du vendredi 17 juillet. Ils n'ont pas été oubliés par la police française. Leur tour a fini par venir.

Je monte 37 rue Piat chez tante Bella dans l'espoir d'y retrouver Fanny. Personne ! Je décide alors de retourner chez Anna. La gardienne m'interpelle : « Pas la peine de monter ! Elles ne sont plus là ! » Elle m'explique qu'elles sont parties rejoindre mon frère à Pau.

Je suis seule. Je ne sais où aller ! Mes seuls biens sont une petite robe d'été et des espadrilles. C'est tout !

« Tu peux rester ici, avec moi », me dit la gardienne. Je sais que je peux lui faire confiance – j'en veux à ma mémoire d'avoir oublié son nom.

Deux semaines durant, la gardienne m'héberge – ou plutôt, me cache. Elle me nourrit et me donne des vêtements. La traque est-elle terminée ? Nos quartiers ont été ratissés. Je ne me rappelle pas, alors, avoir imaginé aller demander aux autorités où étaient passés mes parents… Service des personnes disparues… J'ai parfaitement saisi le danger qui guette. Et la gardienne me dissuade de retourner passage Ronce. Des bruits circulent : il est fortement déconseillé d'aider les Juifs.

C'est à cette époque que mes souvenirs placent une visite à Samuel, hospitalisé à Tenon. Comment ai-je appris que la police l'avait tellement esquinté lors d'une nouvelle arrestation à laquelle il avait résisté – il connaissait déjà ! – qu'il devait être opéré de l'estomac ? Je ne le sais plus. Après cette visite, je ne le reverrai pas avant trois ans et demi, à l'été 1945.

J'étais réfugiée chez la gardienne depuis une quinzaine de jours. La question devait arriver :

« Que comptes-tu faire ? Tu ne peux pas rester ici trop longtemps… »

Il aurait fallu que je retrouve Fanny. Je ne l'imagine pas avec mes parents. Quant à Marcel, sans doute est-il toujours à Pithiviers. Je forge moi aussi le projet d'aller à Pau retrouver Maurice. Je connais ma carte de France : c'est loin… et surtout, il faudra passer la ligne de démarcation dont j'avoue n'avoir alors qu'une vague idée…

« J'ai trouvé un passeur », m'annonce la gardienne.

Elle sait que je n'ai pas d'argent :

« Je me suis arrangée avec lui, il n'y a pas de problème ! »

Je me décide.

La rencontre avec le passeur, un homme d'une quarantaine d'années, a lieu chez la gardienne… Le lendemain, je le retrouve dans la gare d'Austerlitz. Il me tend un ticket tout en m'informant que nous ne serons pas ensemble dans le train. Par sécurité, je serai seule…

Le voyage s'effectue sans problème – c'est-à-dire sans contrôle policier. C'est en arrivant à Bordeaux que je découvre l'existence d'un petit groupe : le passeur avait disséminé ses « clients » dans le train, une dizaine de personnes, dont sans doute, une majorité de Juifs. Sous sa conduite, à pied, nous nous éloignons de la gare. Aucun échange entre nous. On se méfie. Mieux vaut en dire le moins possible : qui l'on est, où l'on va, retrouver qui…

Direction un petit hôtel où il a prévu que nous passions la nuit avant de repartir en autocar, le lendemain. Sur le trajet, le passeur nous indique une gare routière :

« Demain, c'est d'ici que nous prendrons un car pour Mont-de-Marsan. »

Nuit à l'hôtel.

Le matin, notre passeur a disparu.

On ne l'a jamais revu.

A-t-il rencontré des problèmes ? A-t-il eu peur ? Était-il un escroc ? L'ayant connu par ma gardienne, je ne le pense pas. Il nous avait bien menés à Bordeaux… Mais cela, il est vrai, nous aurions pu le faire tout seuls… C'est pour la seconde étape que nous avions vraiment besoin de lui. En tout cas, il s'est fait payer et il a bel et bien disparu. Le groupe se défait, même dans ces circonstances, aucun lien ne se noue.

Le car ne part qu'en fin de journée et il me reste de l'argent. Je continue.

Nous arrivons à Mont-de-Marsan vers 21 heures. Terminus, avant la frontière entre les deux zones. Alors que je marche en direction du centre, le chauffeur du car m'interpelle :

« Mais où est-ce que tu vas comme ça ? Tu n'es pas d'ici ? Tu sais, il y a pas mal de police dans la ville. Le lieu est connu, beaucoup de gens essaient de passer. Tu vas te faire repérer tout de suite ! »

Sans méfiance aucune, je lui résume ma situation compliquée : mes parents disparus, la gardienne qui m'a aidée et ce voyage qui me fait traverser la France pour aller retrouver mon grand frère, militaire, qui est à Pau et, aussi, l'homme qui nous a lâchés à Bordeaux…

« Attends, je vais voir ce que je peux faire pour toi ! »

Je fais confiance et le suis vers la gare : impossible, trop de contrôles, estime-t-il. On enchaîne avec un café. Discrètement, mon chauffeur tente d'approcher un gars qu'il semble connaître. Finalement, un jeune homme accepte.

« Moi, je veux bien t'emmener, je t'expliquerai mais tu devras passer seule, je t'accompagne seulement aux abords de la Ligne. »

J'accepte, à la fois son aide et ma solitude. Je n'ai pas de solution.

Et c'est tout de suite, évidemment.

Nous nous mettons en marche. La lune éclaire nos pas, il doit être aux environs de minuit. Après avoir dépassé les dernières maisons, nous atteignons un espace boisé, à couvert. Il me fait descendre dans un fossé et de là, m'explique assez clairement comment passer cette ligne invisible. Je m'efforce de mémoriser les indications, dans l'ordre : une grande étendue de terrain découvert, puis ce sera un espace boisé, une ligne de chemin de fer à longer, longtemps, une route qui sera non loin, des chemins à croiser. Il me recommande de garder en permanence l'oreille aux aguets et de ne faire aucun bruit, m'encourage et s'en va…

Je suis seule. Il n'y a pas à réfléchir. Je m'élance, je cours. Je perçois la menace partout ; sans doute, n'y en a-t-il pas dans le coin, sinon le gars ne m'aurait pas amenée là !

À quatorze ans, on court vite !

Lentement, les espaces évoqués par mon guide se succèdent. Le « bruit » est terreur. Dans la nuit silencieuse, tout se répercute en moi : un craquement, un cri de bête, un écho… Dans cette forêt des Landes, dense, j'étouffe mes pas.

J'ai peur.

À tous les enfants, on raconte des histoires d'autres enfants perdus dans des forêts profondes, guettés par des animaux sauvages…

Le jour pointe et je marche toujours. J'aperçois une fenêtre éclairée. Un chien aboie. Je ne peux pas continuer comme cela. Je suis épuisée et en plus… j'ai faim, j'ai soif.

Je me décide. Les aboiements ont déjà alerté les maîtres : un homme sort, il est plutôt âgé. Je sens qu'il est un peu affolé :

« Mais qu'est-ce que tu fais là ?

— Je me suis perdue !

— Mais on ne se perd pas ici ! C'est la ligne de démarcation !

— Où est-ce que je suis ?

— De l'autre côté ! »

Je suis arrivée à Grenade-sur-l'Adour. En zone libre ! J'ai su depuis que le lieu se trouvait environ à une quinzaine de kilomètres de la ligne de démarcation, au sud de Mont-de-Marsan.

« Où vas-tu ?

— À Pau ! »

Et je lui raconte mon histoire : mes parents arrêtés, disparus, mon frère militaire, démobilisé… Il m'apprend qu'un autobus passe ici chaque jour qui descend vers Pau mais l'homme me met immédiatement en garde : il faut être vigilant, les contrôles de la gendarmerie étant très fréquents.

Il me garde toute la journée dans la ferme, me nourrit. Au moment de partir, il me demande si j'ai besoin d'argent et m'en donne un petit peu.

Il reste encore une soixantaine de kilomètres.

Dans le village, je prends l'autobus et effectue un voyage sans encombre, sans contrôle. C'est ainsi que j'arrive à Pau.

Démobilisé, ayant choisi de rester là, près de son régiment, Maurice a pris un logement au 37 rue Carnot. Lorsque j'arrive : personne ! Le voisinage m'apprend qu'il est parti chercher sa femme et qu'il devrait revenir prochainement. Je décide de repartir vers chez mon oncle Szmul, réfugié à Périgueux depuis l'été 1941.

Ne me demandez pas les détails qui entourent ce voyage, ils se sont envolés de ma mémoire. En zone libre, les déplacements étaient moins surveillés… Je suppose que j'avais toutes les adresses utiles sur moi. À Périgueux, je reste très peu, reprenant la route de Pau et, cette fois, je retrouve mon frère, sa femme et leur fils Henri.

Anna et sa mère avaient été stoppées après avoir passé la ligne de démarcation dans la région de Confolens, en Charente[6]. À la différence d'Anna et du petit Henri qui avaient la nationalité française, sa mère et sa sœur, étrangères, n'avaient pas le droit de se déplacer sans autorisation administrative.

Quelque temps après, en septembre, elles ont dû rejoindre Chaudes-Aigues dans le Cantal, peut-être dans une situation de résidence surveillée.

Maurice est déjà au courant de la rafle mais c'est moi qui lui annonce la disparition de nos parents. Des nouvelles arrivent aussi de Fanny qui nous apprend qu'elle est cachée aux environs de Tremblay, au Vert-Galant, avec Bella et Lydie. Elles restent en contact avec Samuel, toujours hospitalisé.

À Pau, Maurice et Anna trouvent à cacher Henri, accueilli dans une famille d'origine italienne, les Sala et Angeli. L'enfant y restera protégé jusqu'à la Libération, à l'été 1944.

Tout change très vite, nous sommes dans un jeu de quilles. En novembre, l'invasion de la zone libre par les Allemands répond au débarquement des Alliés en Afrique du Nord. Avec des camarades, Maurice décide de rejoindre les Forces françaises libres en Afrique. Dès novembre, ils prennent la poudre d'escampette. Il m'apprendra plus tard son incroyable périple.

Anna, elle, décide de rejoindre la zone italienne où la menace contre les Juifs est moindre. Entre elle et moi, ce n'est pas la grande entente. Je connais la distance qu'elle maintient avec la famille Dzik. Et comme moi, en plus, je suis très indépendante, je ne veux pas aller avec elle.

« Tu ne peux pas rester à Pau, me dit Maurice. Essaye de te cacher. Dans une ferme ou quelque part. »

Je décide de remonter à Paris[7]. Après tout, mes parents sont peut-être rentrés ? J'aurai peut-être la chance de retrouver quelqu'un… Maurice me donne de l'argent.

De Pau à Paris, le trajet en train se déroule sans anicroche.

Nous sommes alors début décembre.

À mon arrivée, je dirige mes pas vers mon point de départ : boulevard Voltaire, chez la gardienne. Je ne me souviens pas de nos retrouvailles. Sans doute avons-nous évoqué son « passeur »… Le lendemain, j'ose une incursion à Belleville. Passage Ronce : les scellés sont toujours là ; rue Piat, chez tante Bella, également. Toujours personne…

Ma situation est la même que cinq mois auparavant. Ma gardienne m'accepte à nouveau et cherche en même temps une solution. Je ne sais comment – peut-être est-ce par le réseau de la rue Amelot, situé à proximité du boulevard Voltaire –, elle apprend l'existence d'un centre pour enfants juifs « esseulés » – autant dire pour des orphelins, mais cela on ne le sait pas encore[8]. Il s'agit d'un centre de l'UGIF[9].

Celui vers lequel je suis dirigée est situé dans le cinquième arrondissement, rue Vauquelin, au n° 9. Il vient juste d'ouvrir dans cet endroit où se tenait précédemment le « Séminaire israélite », lieu traditionnel de formation des rabbins, déserté désormais et récupéré par l'UGIF pour y héberger des enfants.

C'est là que je vois arriver ma cousine Lydie ! Nous sommes alors en février 1943. Terrible : elle m'apprend que Bella et Fanny viennent d'être déportées quelques jours auparavant. Depuis plusieurs semaines, Lydie était comme moi, seule.

Le 16 juillet 1942, depuis le passage Ronce, Fanny et moi étions parties dans des directions opposées. Elle était montée chez tante Bella et alors que les arrestations se poursuivaient, toutes trois s'étaient cachées dans les combles. Elles avaient entendu les policiers frapper aux portes et attendu là plusieurs heures avant de quitter le quartier. Elles ont été accueillies en banlieue, chez un ami de Bella, vers Tremblay et Villepinte. De temps en temps, elles ont osé de petites incursions à Belleville, Bella essayant de poursuivre ses travaux de confection, il fallait bien vivre ; elles ont aussi été voir Samuel, toujours hospitalisé à Tenon.

C'est à Belleville que Bella et Fanny ont été arrêtées lors d'un contrôle d'identité, le 25 novembre 1942. Internées à Drancy jusqu'en février, elles ont espéré faire jouer des relations en leur faveur. Lydie a pu avoir de leurs nouvelles par des courriers – autorisés une fois tous les quinze jours[10].

Dans ce centre de l'UGIF de la rue Vauquelin, mon statut était particulier. À la différence de ma cousine, n'étant pas passée par la voie administrative, je n'avais pas d'existence officielle. Je ne pouvais rester y dormir – peut-être en prévision de contrôles ? Les responsables devaient me trouver des hébergements extérieurs, chez les uns ou les autres. Il m'est arrivé de me faufiler par une porte cochère, de monter au dernier étage et de dormir sur un palier.

Les responsables du centre ont fini par me trouver un hébergement.

Avec Lydie, on se laisse là[11].

J'ai été placée ensuite au sein de l'Association philanthropique de l'asile de nuit, asile de jour et crèche israélite de Paris dans le dix-huitième arrondissement, située rue Paul-Albert, sur les hauteurs de Montmartre. Cette institution qui avait vu le jour en 1900 aidait les migrants juifs d'Europe de l'Est. Un asile : parce que j'étais à la rue. À proximité, il y avait un autre centre de l'UGIF, rue Lamarck.

À l'asile, on me nourrit et je peux y dormir. Avec d'autres jeunes filles, nous nous occupons d'enfants plus jeunes. Nous organisons des jeux et participons aussi un peu à la préparation des repas, pris en commun. Je me souviens aussi avoir été trier des papiers dans le huitième arrondissement, rue de la Bienfaisance, au siège des services sociaux de l'UGIF[12].

23 août 1943. Le directeur du centre m'envoie récupérer un paquet au Bazar de l'Hôtel de Ville. À proximité de ce grand magasin, au métro Saint-Paul, rue de Rivoli, je suis prise dans un contrôle de police :

« Vous avez des papiers ? »

Je réponds, embêtée : « Je n'en ai pas, je n'ai pas à en avoir, je n'ai que quinze ans ! » et refuse de répondre lorsqu'il me demande mon nom.

Il me regarde, de la tête aux pieds :

« Tu viens avec nous, on va vérifier ! »

Assurément, ils recherchent des Juifs. Emmenée au commissariat de police, proche de l'Hôtel de Ville, je suis cette fois contrainte de décliner mon identité : nom, prénom, date de naissance, adresse. « Grâce » au recensement, il leur faut très peu de temps pour constater que dans la famille Dzik, Esther leur manquait encore.

Tout va très vite : je fais la connaissance du « panier à salade » agrémenté à l'intérieur de minuscules cellules grillagées ; nous commençons par faire la tournée des différents commissariats pour ramasser les « clients ». Je passe la nuit au dépôt de la préfecture de police, avant d'être conduite le lendemain au camp de Drancy.

Voici donc ce lieu connu par Samuel, par ma sœur et Bella et, j'imagine, également par mes parents et Achille.

Depuis un an, j'avais eu le sentiment permanent qu'il fallait que je m'échappe. J'avais traversé la France, reçu l'aide de femmes et d'hommes, je m'étais débrouillée tant bien que mal, et je venais de me faire prendre lors d'un simple contrôle d'identité. Mon arrestation a presque été un soulagement : « Ça y est, j'ai fini d'errer, terminée la galère, je vais retrouver les miens ! » me suis-je dit alors.

Je reste peu de temps au camp de Drancy. Internée le 24 août, j'en repars le 2 septembre. Du camp, je garde peu de souvenirs : le couchage par terre, une atmosphère où suinte une anxiété morbide…

La veille du départ, les personnes désignées pour le prochain convoi ont été mises à part. Dans mon wagon, il y a Marie, dont j'ai fait la connaissance à Drancy quelques jours avant. Marie Tuchszerer a cinq ans de plus que moi, originaire de Varsovie, l'histoire de sa famille ressemble à celle de la mienne. Elle est là avec son père et son frère. Jeune femme, elle a un amoureux et pensait bien se marier prochainement. À partir de ce moment et jusqu'à notre retour en France, Marie et moi, nous ne nous sommes pas quittées un seul jour.

Le voyage s'effectue dans des conditions proprement abominables : un entassement angoissant, asphyxiant, rendu intenable par la chaleur de l'été ; les pleurs des enfants disent leurs souffrances, exaspérant le désespoir des parents et de tous. Une tinette qui déborde. Des scènes inimaginables dans ces wagons scellés à Paris.

Le troisième jour, le train s'arrête.

[Auschwitz-Birkenau]

Trois jours. Une éternité à devoir supporter un enfermement avec plusieurs dizaines de personnes dans l'espace réduit de ce wagon. Une souffrance partagée.

Verrouillées jusque-là, les portes sont actionnées de l'extérieur.

Immédiatement : des cris, indistincts, des mots hurlés en allemand, des aboiements.

Il faut descendre et aller vite, très vite.

Le plateau du wagon est à plus d'un mètre au-dessus du sol. De quoi se casser quelque chose. Nous nous aidons…

Je tombe et m'entaille le genou.

Il n'y a aucun ménagement. Une odeur de brutalité.

Il faut tout abandonner.

Des hommes habillés « en rayés » montent derrière nous.

Ils commencent à récupérer les valises, les sacs... Tout.

Je n'ai strictement rien.

Ceux contraints d'abandonner leurs bagages sont inquiets et très contrariés.

Nous devons former des colonnes.

L'une, d'hommes, l'autre, avec les femmes, qui doivent garder avec elles les enfants.

Cinq personnes par ligne.

Beaucoup doivent se séparer. Les couples, les frères et les sœurs...

C'est chaotique. Ça se fait.

Le temps de comprendre, de trouver une place les uns par rapport aux autres, dans le brouhaha, les cris, les comportements menaçants, l'anxiété.

On est sonnés par le voyage.

Il faut avancer.

Entre les silhouettes qui précèdent, apparaissent des hommes en uniforme vert.

Ils sont postés devant la colonne.

Devant eux, nos lignes se défont.

D'une colonne à l'autre, je perçois la règle : ils sont en train de nous trier.

« Celles qui sont fatiguées, vous pouvez monter dans les camions », entend-on. Pas besoin d'attendre alors. Mon genou qui saigne me fait mal.

Je sors de la colonne et me dirige vers les camions, sur le côté.

Un SS m'attrape.
Il me repousse dans la colonne.

À mon tour d'arriver devant les SS.
Je suis orientée vers un groupe de femmes.
Elles sont plutôt jeunes mais plus âgées que moi.
Je retrouve Marie.

Nous marchons et pénétrons dans un lieu cerné de tous côtés par des poteaux et des barbelés. Entre eux, des alignements de baraques. À perte de vue, me semble-t-il. La plupart sont en bois.

On nous fait entrer dans l'une d'elles, en briques.
Il y a là des SS et des femmes vêtues d'une tenue rayée. Ce sont des prisonnières.

On nous demande de nous déshabiller.
On nous l'ordonne.
L'ordre est répété et crié.
Il faut se mettre nue.
Abandonner ses vêtements.
Tout laisser, encore.
Argent, bijoux, papiers...
Je n'ai rien.

On nous tatoue un numéro sur l'avant-bras gauche.

Le mien : « 58319 ».

On nous rase.

On nous fait passer collectivement dans un espace de douche.

Il y a un peu d'eau.

Il n'y a pas de savon.

Il n'y a pas de serviette.

On nous jette des vêtements.

Une culotte.

Des robes.

Trop grandes, trop petites.

La taille importe visiblement peu.

Salis de taches, les tissus semblent pourtant nettoyés.

Des vêtements de tous les jours.

Mes chaussures forment une paire.

Des femmes héritent de chaussures dépareillées.

Voilà trois ou quatre heures que nous sommes arrivées.

Autour de moi, des femmes demandent à retrouver les leurs : « mes parents ? », « ma mère et ma jeune sœur ? », « mon mari ? », « mon père et mon frère ? ». C'est le cas de Marie qui cherche à savoir comment les rejoindre.

Les femmes à la tenue rayée répondent :

« Regardez par la fenêtre ! Vous voyez la fumée ? Ceux qui sont arrivés avec vous, ils sont là. » « Ici les Juifs sont gazés dès l'arrivée. » « Personne ne sortira vivant ! »

Je saisis parfaitement la menace de mort. Pour le reste, rien n'a de sens.

On nous mène vers un autre bâtiment.

Une baraque en briques, de forme rectangulaire, sans étage.

Sombre.

À l'intérieur, il n'y a que deux longues travées, sortes de couloirs, bordés chacun, sur leurs deux côtés, de cavités à trois étages superposés.

Des planches de bois forment le socle des deux supérieurs, celui du bas, en ciment, est le sol même du bâtiment.

J'apprends le nom : *Koya*.

C'est là que l'on doit dormir.

On me désigne la mienne.

Je suis avec quatre autres femmes, dont Marie.

Nous comprenons que c'est « notre espace ».

On ne peut s'y asseoir. Juste s'y allonger.

Nous avons la chance d'hériter d'un étage avec les planches en bois.

Dans la baraque, il n'y a pas de table, il n'y a pas de chaise. Il n'y a pas d'espace prévu pour.

Pas plus que pour déposer des affaires. Ici, personne n'en a. Juste les frusques distribuées à l'arrivée. Nous n'en aurons pas d'autres, nous dit-on. Les mêmes vêtements pour le jour, la nuit et toutes les saisons. Aucun rechange.

On nous donne une gamelle.

Une pour cinq femmes.

Et une seule cuiller.

On nous explique qu'il faudra faire du troc pour obtenir une gamelle pour chacune.

La nourriture que l'on nous distribuera sera monnaie d'échange.

Première nuit.

Elle n'est pas finie : réveil à coups de bâton sur les *Koyas*, à coups de cris.

On nous donne une espèce de café-tisane.

Rien à manger.

Nous découvrons « l'appel ».

Sommes dressées à la mise en rang.

Assistons à l'opération de comptage.

Devenons des « unités ».

Subissons « l'attente ». Attendre pour attendre.

Apprenons que nous sommes « en quarantaine ».

Un apprentissage.

Passons la journée sur un chantier.

Devons y transporter des pierres, d'un endroit vers un autre.

Devons reprendre les pierres pour les reposer là où nous les avons prises initialement.

Toute la journée ainsi. Et plusieurs jours...

Voilà pour mon entrée dans l'univers du camp de Birkenau.

J'ai quinze ans.

On me demande mon âge.

On me dit que j'ai de la chance.

À cet âge, il est rare d'y entrer. Il faut croire alors que j'avais le physique correspondant à leurs besoins !

La nudité forcée, le rasage corporel et le tatouage s'inscrivent dans un moment traumatique qui demeure mais qui s'est aussi estompé, recouvert sous l'amas de tant d'autres violences.

En quelques heures, on ne s'appartenait plus.

Nous n'avions strictement aucun droit.

Se taire, obéir, accepter.

Résister, c'était se condamner à une mort plus immédiate.

Il a fallu très peu de temps pour croire à la réalité des gazages et aux fours crématoires. Il n'y avait pas de tabou à Birkenau, pas de secret. Nous avons été mises au courant dès notre arrivée. Les chambres à gaz – masquées au regard, derrière des palissades formées de fagots – étaient à quelques dizaines de mètres de nous. Et puis il y avait l'odeur de chair brûlée qui habitait l'atmosphère. On a vite saisi combien le camp était lié aux chambres à gaz. L'assassinat était la réalité principale du lieu. Sa raison d'être.

Nous n'étions qu'en sursis.

Au moment de l'arrivée, on nous a dit que l'on ne tiendrait pas trois semaines, pourtant, depuis, nous avons rencontré de plus anciennes.

Notre assassinat est juste différé. Quels que soient nos efforts, nous glisserons vers la mort.

À l'arrivée des convois de Juifs, la sélection par les SS ne distinguait pas entre des condamnés à mort et d'autres qui seraient orientés vers la vie. Les Allemands avaient condamné à mort tous les Juifs mais « prélevaient » un petit nombre d'hommes et de femmes, assignés jusqu'au bout de leurs forces à des travaux très divers, dans le camp et à l'extérieur.

Nous étions dans un espace-temps particulier, admises vivantes dans un royaume de morts.

Une phrase nous accompagnait : « Ici on ne sort que par la cheminée. » Dans le camp de Birkenau, une longue perspective domine : d'un côté, le bâtiment d'entrée que l'on ne doit plus jamais franchir ; de l'autre, on aperçoit la partie haute de deux grandes cheminées qui rejettent de la fumée. On pense à des bâtiments d'usine. Ce sont les chambres à gaz et les fours crématoires. On y arrive un jour ou l'autre.

Le « cadavre » fait partie du camp, une chose : le matin, il faut les sortir des baraques, les regrouper pour qu'ils soient, dans la journée, emmenés vers les fours.

Par ses conditions extrêmes, le camp fait mourir. Nous sommes très peu nourries et des bêtes de somme ; il y a le grand froid et l'on est peu vêtues ; il y a les coups et les raclées donnés par les prisonnières qui occupent des fonctions de pouvoir dans les *Blocks* ou les *Kommandos* de travail ; il y a les blessures ou les maladies auxquelles aucun soin n'est donné, sauf rare exception.

Nous n'avons pas d'espace de vie parce que nous n'avons plus de vie.

Les sélections organisées dans le camp sont une mise à mort. Les SS n'attendent pas qu'elle arrive, provoquée par le régime qu'ils nous infligent. Régulièrement, ils organisent l'élimination de celles et ceux que le camp a épuisés, devenus à leurs yeux des « inutiles », dans un système conçu pour détruire[13].

L'épuisement, la détresse, la maladie finissent toujours par gagner.

C'est l'histoire de Fanny, ma sœur.

Je n'ai pas cherché Fanny. Même en sachant qu'elle avait été déportée. Dans mon esprit, ce pouvait être ici ou ailleurs. C'est elle qui m'a trouvée.

Arrivant continuellement avec les convois, les informations circulaient dans le camp. Aux latrines, surnommées « Radio-chiottes », les nouvelles s'échangeaient. J'imagine que l'on a dit à Fanny que sa petite sœur était arrivée – de notre quartier de Belleville, nous n'étions pas les seules à Birkenau –, que j'étais affectée dans les *Aussenkommandos*, ces *Kommandos* les plus durs qui travaillaient en extérieurs, sous tous les temps[14].

Fanny et moi, nous nous sommes retrouvées dans le *Block* des latrines. Sans repère temporel, il est difficile de déterminer une date. Il faisait déjà très froid. Ce devait être novembre ou début décembre 1943.

« J'étais sûre que tu allais venir jusqu'ici ! » me crie-t-elle, en même temps que je reçois une claque.

C'était un lourd reproche. J'avais eu la possibilité de me sauver. Lorsque j'étais à Pau avec Maurice et qu'elle était avec Bella et Lydie au Vert-Galant, nous avions échangé du courrier. Elle m'imaginait toujours là-bas, en sûreté.

Nous nous racontons ce que nous savons : ceux qui ont disparu et ceux encore en vie. Je lui ai parlé de Lydie. Pour nos parents, elle savait. Moi, je me disais encore qu'ils avaient pu être emmenés ailleurs.

Fanny était là depuis dix mois. Elle était l'ombre d'elle-même.

N'étant pas dans le même *Kommando*, nous ne pouvons être dans le même *Block*. Mais à partir de maintenant, elle tente de me venir en aide. Dans notre vie familiale, nous avons toujours été un peu comme chien et chat. Je suis bouleversée par son affection et son aide.

À l'époque où je retrouve Fanny, Marie et moi, nous n'en pouvons déjà plus. Ces mois de décembre et de janvier ont été une période charnière, un moment où le fil s'est fragilisé jusqu'à rompre. Voilà quatre mois que nous sommes là. Depuis la quarantaine, jour après jour, nous avons souffert, affectées à des travaux de terrassement notamment sur la voie ferrée, prolongée depuis la *Judenrampe* pour que les convois arrivent dans le camp de Birkenau, au seuil des chambres à gaz-crématoires.

Porter, pelleter, creuser... À mains nues, nous devons prendre pierres et rails ; charger et transporter des trags, espèces de plateaux-brouettes ; nous marchons, marchons, marchons… À midi : courte pause pour une soupe très légère, avalée debout. L'après-midi est semblable à la matinée.

Au tout début, en septembre et en octobre, le travail forcé était encore supportable, le climat, pas trop rude, et nous gardions nos anciennes réserves. Avec la neige et le froid, la situation a basculé vers l'intenable. Et c'est toujours sans fin. Le poids du moindre outil est devenu une torture, la boue, notre pain quotidien : patauger, glisser, s'engluer…

Arrive un matin où l'on n'a plus le courage de se lever. C'est à ce moment-là que l'on trouvait les mortes dans les *Koyas*. Elles étaient parties durant la nuit.

Si l'on ne sort pas à l'appel, on est tabassées. On n'a pas le droit de rester dans les baraques : c'est ou le travail ou le *Block Revier*, cette pseudo-infirmerie, mouroir et antichambre du gazage…

Là, on pouvait trouver un court répit, un petit soin – une pommade, un pansement de papier –, mais aussi se faire sélectionner pour la chambre à gaz. C'est au *Revier* qu'échouaient celles et ceux qui n'en pouvaient plus, les « inutiles » produits par le système. S'y faire admettre pour trouver un soulagement, quelques heures, quelques jours, était tentant, mais terriblement dangereux. Cette réalité-là était connue de toutes et tous dans le camp.

Longtemps, j'ai dit que je n'avais pas subi de sélection. Marie en a vécu une et affirmait que j'étais là, avec elle. J'ai perdu la mémoire de ce moment. Son témoignage désormais complète le mien[15].

À Birkenau, ce qui nous arrive est normal : exténuées, « on se rend » : nous allons au Revier. « Mieux vaut mourir ! » Nous sommes trois, avec une autre Française, Adèle.

Durant deux jours, nous vivons un profond soulagement. On nous laisse tranquilles. C'est le luxe : nous ne sommes que deux par châlit ! Rien à voir avec notre Koya.

Une Kapo nous prévient : « On parle d'une sélection, ce soir même ! » Elle nous fait comprendre que l'on aurait intérêt à déguerpir très vite…

On n'y croit pas. On souhaite tellement rester là…

En fin de journée, comme des furies, les SS entrent dans le Block Revier.

Des cris.

Les portes sont fermées.

Ils nous font mettre à poil.

Nous devons défiler devant eux.

Ils nous trient.

Esther et moi sommes placées dans un groupe.

À voir nos compagnes, nous comprenons que nous sommes sans doute du bon côté.

Adèle est orientée vers l'autre groupe.

Elle pleure. Tente de se soustraire et de repasser devant les SS.

Elle est tapée, tapée...

En France, elle a laissé une petite fille – cachée.

Elle nous demande d'aller parler à sa fille...

Si on s'en sort...

Nous sommes mises à la porte du Revier.

Nous ne sommes pas près d'y revenir !

Nous devons maintenant retrouver un Kommando pour être réintégrées dans une baraque.

On doit être en janvier ou février 1944.

C'est alors que nous avons reçu une aide essentielle, qui a compté pour notre survie. Nous sommes entrées dans le *Kommando* de la *Weberei*.

L'histoire se noue autour de Mala Zimetbaum, une déportée de Belgique d'origine polonaise. Sa bonne connaissance de plusieurs langues l'avait fait remarquer par les SS. Interprète, elle a alors le pouvoir d'affecter les femmes dans les différents *Kommandos*. Et en ce domaine, il y a les moins mauvais et les mauvais. Notre vie en dépend. Jusqu'à présent, nous avons connu les plus durs.

Fanny connaît Mala et lui demande de nous faire entrer à la *Weberei.*

Le travail n'avait qu'une vague relation avec la signification du terme : nous ne devions pas « tisser », mais lier ensemble bouts de tissus et bouts de caoutchouc, pour fabriquer de longues « cordes ». Les chutes de tissus provenaient des vêtements de personnes arrivées au camp, assassinées dans leur grande majorité.

Située dans le périmètre intérieur, près du secteur dit du « Mexique », l'activité se déroulait dans une baraque en bois de type écurie, autour de grandes tables. Assises, côte à côte, nous n'avions pas le droit de parler ni de nous déplacer et devions remplir impérativement l'objectif de longueur : faire tant de mètres par jour. Je ne sais plus combien, dix, je crois. La solidité de notre « corde » était aussi vérifiée. Des sanctions s'abattaient sur nous lorsque le contrat n'était pas rempli. Le travail était ingrat et une bien faible entraide régnait entre nous. Mais être à l'abri dans un *Block* et assises !

Nous n'avons jamais su exactement à quoi pouvaient servir ces productions qui, au final, étaient enroulées sur de gros cylindres en bois : pour les sous-marins, pour les chars… nous disait-on.

J'étais persuadée être restée à la *Weberei* jusqu'à l'évacuation de janvier 1945. Marie m'a affirmé que cela n'avait duré que six semaines environ. Le sentiment de trêve m'a sans doute donné une impression de durée. Nous avons alors retrouvé l'*Aussenkommando*[16]. C'est aussi à l'époque du retour vers ce quotidien douloureux que Fanny est morte. C'était en mars ou en avril 1944.

Quelques semaines auparavant, lorsque nous nous étions retrouvées, j'avais été frappée par son changement. Durant les semaines qui ont suivi, son état n'a cessé d'empirer. Bien qu'internées dans des baraques différentes, nous parvenions à nous voir. Elle s'est mise à cracher du sang et souffrait d'une plaie à la jambe provoquée par une morsure de chien. Épuisée, elle est entrée au *Revier*. Avec des camarades, nous avons essayé de la mettre debout. Comme pour des milliers d'autres femmes et d'hommes avant elle, le camp avait fait son œuvre.

Notre dernière rencontre reste au creux de moi. Paroles de désespérée. Elle m'a dit regretter être entrée au camp, toute cette souffrance, cette résistance pour rien ; au moins, si elle avait été gazée dès l'arrivée, elle n'aurait pas eu à endurer tout cela, elle n'aurait pas espéré pour rien…

« Esther, tu dois tout faire pour t'en sortir. La guerre finira bien un jour. Promets ! Promets que tu raconteras pour qu'on ne soit pas les oubliés de l'Histoire ! »

De ma famille assassinée à Birkenau, Fanny est la seule que j'ai vue partir. J'aurais voulu ne jamais la retrouver là.

Après sa disparition, mes souvenirs deviennent vagues. Je me blinde. Les tas de cadavres ne me font plus rien. L'immersion est de plus en plus profonde ; on remonte de moins en moins prendre de l'air. Le camp gagne.

Aujourd'hui, je ne suis pas capable de dire s'il faisait froid dans les *Blocks* parce que je ne me le rappelle plus. Forcément, j'ai eu froid mais cela ne forme pas souvenir. Lorsque je retourne à Birkenau, maintenant, je sens le froid. J'ai froid. Comment ai-je pu oublier cela ?

Notre *Block*, le 27, celui de l'*Aussenkommando*, était à proximité de l'une des grandes chambres à gaz. Cachée aux regards derrière une palissade de fagots, nous apercevions sa cheminée et la fumée qui en sortait.

Le *Block* n'était qu'un lieu pour faire dormir les esclaves, une espèce d'étable. Nous y étions durant un temps précis, entre la soupe du soir et l'espèce de tisane du matin. Dans la promiscuité imposée, la vie commune était très pénible ; la survie, même si nous n'avions aucune liberté, relevait aussi de la compétition : tenter d'obtenir un peu plus de soupe et de pain, des vêtements chauds et surtout des chaussures.

Les relations étaient tendues entre les déportées, particulièrement entre certaines nationalités, juives ou non juives. Des femmes arrivées à Birkenau en 1942 étaient toujours là, vivantes. Une éternité ici, qui avait fait d'elles des êtres endurcis. Je me souviens, dans ma candeur d'adolescente, d'avoir été choquée à notre arrivée par les insultes que nous ont lancées des Polonaises et des Ukrainiennes : « Vous, les Françaises, vous êtes toutes des putains ! » Avec les Tchèques, les rapports étaient plus amicaux, je me souviens d'une *Blockowa*, une femme gentille et correcte.

La camaraderie, véritablement salvatrice, n'existait qu'à très petite échelle, entre deux ou trois personnes. L'aire de notre humanité n'allait guère plus loin. Bien rare, la bienfaisance était surtout partagée entre des femmes d'une même nationalité, parlant la même langue, ayant quelque chose en commun. Je me souviens d'un jour où avec d'autres femmes, nous avons creusé des trous dans la neige pour cacher, l'espace de quelques heures, des femmes qui n'en pouvaient plus. Ces trous les ont protégées du regard des *Kapos*. On pelletait autour, en donnant l'impression de travailler… Marie, je ne sais combien de fois je l'ai forcée à sortir de la baraque ; je l'ai soutenue au retour du *Kommando*, et une autre fois, c'était elle. Et surtout, se redonner le moral…

Avec cette entraide, on y arrivait quand même... Il est bien difficile d'être généreux lorsque l'on n'a rien et que l'on souffre...

À Birkenau, j'ai retrouvé des filles de mon quartier de Belleville qui avaient été affectées dans le *Kommando* du Canada, secteur où étaient rassemblées et triées les affaires des Juifs déportés et assassinés. Elles « organisaient » : dans le vocabulaire du camp, cela voulait dire qu'elles arrivaient à chaparder dans les valises : un vêtement, un peu de nourriture... Pour faire du troc, elles prenaient des risques fous car il y avait régulièrement des fouilles... Elles risquaient gros, leur vie même. De toute façon, il est vrai que nous étions condamnées... Leur *Block* étant proche du nôtre, il m'est arrivé de me faufiler pour tenter de ramener quelque chose, et même si ce n'était pas grand-chose, ça nous aidait à tenir.

Au printemps 1944, on a vu arriver les nombreux convois de Juifs, déportés de Hongrie, pour être mis à mort à Birkenau. Cela s'est passé sous nos yeux, sur la rampe que l'on nous avait fait construire. On voyait le tri effectué entre les déportés par les SS ; on voyait les groupes cheminer vers les chambres à gaz, sans savoir ce qui les attendait dans une poignée de minutes.

Je garde aussi souvenir de l'assassinat des Tziganes. Cela s'est passé une nuit, à l'été 1944. J'étais donc là depuis presque un an et j'avais eu l'occasion de les observer, leur secteur d'internement étant situé juste en face du nôtre, de l'autre côté de la rampe. Leur situation nous étonnait : les SS les laissaient vivre en famille, ils ne travaillaient pas, gardaient leurs cheveux… Les seuls enfants que j'ai vus à Birkenau étaient des enfants tziganes.

Cette nuit-là, on a entendu des cris, des hurlements, des coups de feu. Le lendemain, on a appris que les SS les avaient « liquidés » dans les chambres à gaz. Les cris : c'était la résistance des Tziganes. Internés à proximité des chambres à gaz, depuis les mois qu'ils étaient là, ils savaient parfaitement où les SS avaient décidé de les envoyer[17].

La pendaison de Mala est un autre événement marquant. Mala, restée une héroïne dans la mémoire collective du camp, que j'ai associée à l'aide apportée par Fanny.

En juin 1944, avec son amoureux, un prisonnier polonais, Mala est parvenue à s'évader ! Quelques semaines plus tard, nous avons dû assister à sa pendaison. En pleine journée, nous avons reçu l'ordre de sortir des baraques. Nous étions des milliers, en rang. Un échafaud avait été spécialement édifié. De là où j'étais, je ne pouvais pas le voir. On m'a rapporté que Mala s'était ouvert les veines puis avait craché à la figure d'un SS. Ils ne l'ont pas pendue. Ils l'ont emmenée pour la tuer, plus sauvagement encore.

Pour l'exemple, les SS pendaient publiquement les évadés. En résistant, au moment même de son exécution, elle a détruit leur ignoble mise en scène et retourné la situation. Héroïne, pour avoir fait le bien lorsqu'elle le pouvait et pour sa résistance face aux SS et à la mort.

Pourquoi n'avons-nous pas cherché à nous évader ? Nous étions réduites à un tel état de faiblesse, rasées, tatouées, ne parlant pas la langue, affaiblies, où aurions-nous pu aller ?

La mort de Fanny, l'assassinat des Hongrois, celui des Tziganes, Mala... C'était difficile de croire que l'on pouvait encore s'en sortir.

Pourtant, entre-temps, il y avait eu ce rayon d'espérance : le débarquement des Alliés en Normandie, début juin. On l'a appris très vite. Pour nous, c'était extraordinaire ! On a eu l'impression que nous allions être libérés dans la foulée !

Et puis non ! Rien.

La guerre n'en finissait pas de finir.

De nouveau, on n'y croyait plus. Il y avait tellement de bruits contradictoires. On s'accrochait à toutes les nouvelles. On se persuadait : « On vit un jour de plus, on a une chance de plus d'être libérées ! » On sentait que l'Allemagne barbare était désormais fragilisée, on savait qu'elle reculait partout.

Finalement, un peu avant que les troupes soviétiques ne fondent sur eux, les Allemands ont décidé d'évacuer le camp. Mais aussi de nous emmener… Nous étions en janvier.

Contrairement à ce qu'ils nous avaient annoncé le jour de notre arrivée, nous sommes repassés par la porte…

Derrière nous, combien n'avaient pas eu cette chance ?

[Les SS nous emmènent…]

18 janvier 1945. Je ne sais pas à l'époque quel jour nous sommes. C'est celui de l'évacuation des camps d'Auschwitz-Birkenau. Le mot « évacuation » a une connotation plutôt positive. Ici, il en a une autre.

J'étais là depuis presque quinze mois. Avec Marie, un an auparavant, nous avions failli craquer. Dans les mois qui ont suivi, nous étions en situation de « résistance-survie » : ne plus penser, vivre un jour après l'autre ; certaines disent « heure après heure ». Nous étions abruties d'épuisement et la notion d'espoir n'avait même plus de sens, tout nous était complètement égal.

Ce jour de janvier, ordre est donné de sortir des baraques, de se mettre en rang comme pour l'appel… Et là, on nous annonce que l'on part ! On quitte le camp !

En colonne, par cinq, nous passons la porte comme pour aller travailler. Nous nous éloignons…

On pourrait se réjouir. Pourtant, ce qui arrive est terrible. Nous devons marcher, coûte que coûte. Il fait extrêmement froid, nous sommes affaiblies et absolument pas équipées pour une telle épreuve. Depuis le temps que nous rêvions de sortir vivantes de l'enfer… En nous, peut-être, un semblant d'espoir, un fruit dont on a oublié le goût. Il actionne nos jambes, mécaniquement.

L'ordre des colonnes et des rangs que doivent impérativement respecter marcheuses et marcheurs forcés ne tient pas longtemps. Nos lignes se défont. Instinctivement, nous formons de petits paquets de chairs coagulées où nous cherchons chaleur et soutien. Les SS sont contraints de marcher aussi. Je suppose qu'ils sont motorisés et qu'ils se relayent autour du troupeau que nous formons.

On comprend, et l'on entend, qu'ils abattent les bêtes exténuées d'une balle dans la tête. Pourquoi assassiner des mourants ? Pourquoi nous emmener alors que depuis quatre ans, ils nous assassinent jusqu'au dernier ? Nous sommes leur chose.

La nuit arrive. Ils stoppent notre colonne de fantômes. Je me souviens vaguement d'une grange où nos corps se mêlent comme un mikado.

C'est déjà le matin, il faut repartir.

Nos colonnes se sont éclaircies.

La deuxième journée est identique à la première. Le troisième jour, ils nous donnent deux pommes de terre et un peu d'eau.

Une gare. À quai, des trains à plateaux ouverts. On nous fait monter. Ils sont recouverts de neige et bientôt de boue.

On patauge. S'asseoir ? S'agenouiller ? La machine se met en route. Ressentons-nous l'air glacé qui prend nos visages et nos corps ?

Nous roulons longtemps.

Nous arrivons dans une autre gare. Un autre camp. On nous dit que nous sommes à Bergen-Belsen. Est-ce que je sais alors que nous sommes en Allemagne du Nord ? Nous venons de voyager à l'air libre durant près de deux, peut-être trois jours.

Nous, nous sommes des femmes de Birkenau. Là-bas, dans notre condition devenue animale, nous avons été dressées à l'ordre : la règle prévalait pour tout acte et son respect était vital. Avec le temps, la discipline était devenue un appui. À présent, projetées dans une situation anarchique et chaotique, nous sommes perdues.

Ici, ce n'est pas le gaz qui tue. C'est le typhus. Bergen-Belsen est alors un mouroir à ciel ouvert… Et sous le poids des milliers de prisonniers que les

SS rapatrient là depuis d'autres camps, les conditions empirent très vite.

Nous retrouvons les barbelés. Comme à Birkenau, nous devinons des secteurs. De la terre, sur la terre, partout, des barbelés ont poussé. On entend parler français. De part et d'autre d'une allée, on échange des informations. Une fille française est arrivée avec sa mère. À Birkenau, elles ont tenu le coup toutes les deux, supporté l'évacuation. À Bergen, la mère s'éteint. La fille se couche sur son corps, elle ne veut pas qu'on la touche.

Ce doit être à présent février. Un jour, on nous fait mettre en rang. Vers nous, on voit venir des gradés SS accompagnés de civils. Ils échangent en allemand. Ils passent et repassent devant nous. Cela fait penser à une sélection. « Y a-t-il aussi des gazages ici ? » Plus d'une fois depuis notre arrivée, nous avons posé la question. Il n'y a pas de chambre à gaz à Bergen-Belsen.

Des femmes sont désignées pour former un groupe. Assez jeunes, maigres évidemment. Nous en faisons partie. Nous sommes trop habituées à l'univers de Birkenau pour ne pas associer cela à un tri. Même méthode qu'à Auschwitz mais les recalées ne sont pas gazées.

Nous venons d'être recrutées pour le travail forcé. Justement, faudrait-il que nous ayons encore de la force. Les exigences de nos bourreaux s'amoindrissent : comment font-ils pour estimer valides ces femmes qui chancellent sous leur propre poids pourtant bien allégé ? Ils ont extrait les vivantes des monceaux de cadavres.

Quelques heures passées dans une baraque et on nous embarque dans un wagon à bestiaux. Nous sommes peut-être trois cents femmes…

Un wagon fermé.

Combien de temps roulons-nous ?

Nous ignorons où nous arrivons.

Dans un camp, assurément.

Nous retrouvons des baraques.

Le même univers.

Le lieu serait Venusberg. Je l'avais bien oublié, ce joli nom-là.

Nous devrons travailler.

Nous a-t-on prêtées, louées ou vendues ?

On doit s'en réjouir : c'est uniquement à cette réalité du travail forcé que nous devons la vie ; à Birkenau, c'est notre mise en esclavage qui a différé notre assassinat immédiat par le gaz et ouvert la possibilité d'une survie.

Nous sortons pour l'appel.

Et nous rentrons dans les baraques.

Nous ne travaillons pas. Nous ne faisons rien.

On imagine l'Allemagne en train de s'écrouler…

En échange : on ne nous donne quasiment rien.

J'ai faim. Mon état physique déplorable se dégrade.

L'appel, la baraque, une gamelle presque vide.

Combien de temps sommes-nous restées là ?

Marie dit six semaines…

Un matin, nous sommes mises à nouveau dans des wagons à bestiaux, le même groupe de femmes – ce qu'il en reste.

On repart.

Un convoi qui n'a pas de but. Il roule.

Durant combien de temps ? Un mois ? C'est mon impression.

Quasiment sans rien, ni à manger, ni à boire. Le minimum vital est bien loin.

Une fois par jour, les SS ouvrent la porte du wagon.

Il s'agit d'évacuer les cadavres, de vider le seau de pisse et de merde.

Le lieu où nous arrivons se situe en Tchécoslovaquie.

Incroyable : la Croix-Rouge est là !

Nous sommes libres ! C'est fini !

Et nous avons droit à un peu de nourriture.

Mais non, nos bourreaux ne nous lâchent pas.

Ils nous donnent l'ordre de remonter dans le wagon.

Le convoi avance au pas. On stationne. En attente.

Des bombardements. Très proches.

Nouveau lieu, forcément un nouveau camp : Mauthausen. Esclaves de la SS, nous évoluons dans leur constellation.

Le temps reprend de la consistance : nous sommes en avril, nous le savons.

Les semaines passent : appel, gamelle, baraque, les poux, le froid, la faim.

Cette fois c'est fini. Je le dis à Marie : je n'irai pas à l'appel.

J'arrête. Je veux mourir. Je n'irai pas plus loin.

Elle me force à sortir.

Nous sommes dans un petit camp, en contrebas du camp principal.

C'est là, vers le début de l'après-midi, que l'on a entendu des cris et que l'on a vu soudainement un drapeau blanc flotter sur la citadelle de Mauthausen. Des hommes « en rayés » sont descendus vers nous, courant, criant :

« Les Allemands sont partis, nous sommes libres ! On ne reste pas, on part. Suivez-nous, si vous voulez, mais vite ! On ne vous attend pas ! »

Le matin même, je voulais mourir et maintenant, je retrouve des forces !

Nous ne suivons pas longtemps le rythme.

Et personne ne nous attend, effectivement.

Où courons-nous ? On n'en sait rien !

C'est comme si on avait été projetés dans l'espace, comme si on avait grimpé dans l'air. Nos corps, jusque-là comprimés, explosent.

On perd nos libérateurs.

Et on se retrouve seules à marcher.

Vers… ?

La nuit arrive.

Nous sommes dans un espace boisé.

Nous y restons toute la nuit.

Le lendemain matin, sur une route bitumée, passent des chars. De loin, un char ressemble à un autre char, on ne sait de quelle armée ils sont !

Un soldat sort, il est noir ! Je dis à Marie : « Ça ne peut pas être les Allemands ! »

Ce sont des chars américains.

Les milliers de prisonniers déportés au camp de Mauthausen et vers ses nombreux *Kommandos* se sont égaillés dans la nature. Ils sont sur les routes ! Ils ont faim. Et ils sont en colère. À Linz, la grande ville proche, des magasins sont pillés. Peut-être pire.

Les Allemands ne se rendent pas.

Les Américains entreprennent de ramener les « anciens prisonniers » vers les camps. Je refuse catégoriquement cette éventualité. Nous nous échappons presque. Pour ne pas être prises par les Américains, nous descendons sur les berges du Danube... Nous longeons le fleuve, dépassons la ville.

Nous marchons...

Je ne peux aller plus loin. Marie non plus.

Un peu en retrait de la berge : une grande bâtisse. Des hommes « en rayés » y travaillent. Des prisonniers !

C'est une espèce de couvent[18].

Ce sont des Français ! Ils nous font entrer dans leurs baraques et nous expliquent que le monastère, réquisitionné par les nazis, abrite un hôpital militaire pour les soldats allemands.

Durant vingt-quatre heures, ils nous gardent avec eux. Avec cœur, ils veulent nous nourrir. Visiblement, ils ont de quoi : du porc avec des pois cassés, à volonté. J'en ai encore le goût dans la bouche.

Je crois que je n'en ai jamais remangé ! On a failli en mourir.

Le lendemain, ils nous confient aux Américains, craignant pour notre survie et ne sachant que faire de nous…

Le règne des nazis prend fin : un soldat allemand blessé doit me laisser sa chambre.

Nous sommes alitées dans des draps…

Le typhus, que nous avons toutes deux, n'arrange pas notre état de faiblesse, extrême.

Nous ne restons là que quelques jours. Prises en charge par les Américains qui nous soignent, nous sommes rapatriées en France le 25 mai 1945. Pour ma première expérience aérienne, je voyage en « forteresse volante », un énorme avion militaire dont nous sommes les deux seules passagères civiles.

C'est par l'aéroport de Villacoublay que je repose le pied en France.

Des gendarmes français nous accueillent… Face à eux, Marie et moi en sommes toujours au temps de la persécution, lorsqu'ils jouaient les zélés auxiliaires de l'occupant nazi. Il faut imaginer le sentiment qui nous traverse. Ils ignorent sans doute la représentation déplorable que nous avons d'eux.

Avec Marie, on a juste envie de se sauver. On ne le peut même pas : nous sommes obligées de les suivre. Et voilà pour le retour dans notre ancien monde : répondre à des questions et se faire désinfecter !

[Paris, printemps-hiver 1945-1946]

À l'hôtel Lutetia, où « l'accueil » des rapatriés est organisé, nous ne voulons pas rester. On subit les questions et la rapide visite médicale puis on repart avec un petit pécule. Vers 16 heures, nous sommes dans la rue.

À la sortie, je suis impressionnée par la file des personnes qui attendent. Dans leurs mains, des photos, dans leurs bouches, des questions, anxieuses :

« Vous n'avez pas vu… ? »

« Vous auriez connu… ? »

Impossible de leur dire qu'on n'a vu ni connu personne. Cela n'aurait pas grand sens pour eux.

Ma géographie parisienne se remet en place : passage Ronce, rue Piat, boulevard Voltaire… Je sais que je suis seule à revenir. Je mets mon espoir en Maurice et peut-être Samuel. Je pense aussi à Marcel.

« Marie, je ne sais pas où aller !
— Tu viens avec moi ! »

Dans le métro, face au plan : Marie ne sait plus où elle habite et met plusieurs minutes à retrouver ses repères. Elle s'en étonne car quelques semaines plus tôt, elle avait réussi à écrire à sa sœur depuis notre monastère autrichien. L'émotion nous étreint. Direction Saint-Ouen.

Dans la journée, elle retrouve sa sœur et son petit frère. Elle sait déjà que son père et son frère ne reviendront pas. Elle a été prévenue de leur mort à Varsovie où, depuis Birkenau, ils avaient été envoyés pour travailler au déblaiement des ruines du ghetto.

Tous les quatre, nous recréons une petite famille : Marie, sa sœur, son petit frère et moi. Je reste avec eux quelques semaines.

Marie repart vite dans la vie. Elle retrouve un amoureux. Je veux les laisser. Un matin, au début de l'automne, je lui dis que je m'en vais.

L'OSE, l'Œuvre de secours aux enfants, me récupère. Je suis dans un groupe d'adolescents orphelins, enfants cachés ou survivants comme moi, placée dans un hôtel réquisitionné, boulevard de Magenta, hôtel qui avait été utilisé par les Allemands.

J'ai l'impression de retrouver ma situation de 1942-1943. Mais je ne suis plus la gamine d'alors.

Je ne veux aucune tutelle, ni l'aumône, ni la pitié.

Il faut absolument que je trouve du travail.

Je trouve à me loger dans une chambre de bonne, rue Lacharrière, dans le onzième, entre les boulevards Parmentier et Voltaire. Tout près du vingtième arrondissement.

Et je prends le premier boulot venu. Dans une laiterie-fromagerie, proche de la rue des Pyrénées, dès 5 heures du matin, je dois transporter des bidons de lait.

Passage Ronce, j'y retourne une fois. C'est environ un mois après notre retour. Marie m'accompagne.

Je ne retrouve personne. Je le savais.

L'appartement est occupé par une famille. Mes parents étaient locataires et, de toute façon, je ne veux plus revenir là.

Je sais maintenant que Maurice et Samuel sont en vie. Je leur ai dit que Fanny ne reviendrait pas, ni nos parents. J'ai appris la déportation de Marcel et le départ d'Israël pour l'URSS.

Trois ou quatre mois après mon retour, dans l'état où je suis, je ne pouvais tenir bien longtemps à faire ce travail physique. J'abandonne et cherche autre chose.

Je n'ai jamais été aussi seule. Au camp, il y avait la forte présence de l'amie. Au camp, j'étais moins seule.

Je n'ai plus aucun but, je ne sais pas quoi faire de ma peau.

Je voulais revenir. J'avais tout fait pour cela.

Et là, maintenant, je n'ai plus rien. Plus d'espérance.

Autour de moi, le tissu de l'humanité ne se reconstitue pas.

Les cachets qui devaient m'aider à vivre me servent à mourir. Une tentative de suicide me conduit à l'hôpital psychiatrique Maison Blanche, à Neuilly-sur-Marne.

On me drogue. On me fait dormir.

Nous sommes début 1946, janvier, février. Une petite musique grandit en moi. Je n'arrête pas de me dire que je suis jeune, ce n'est pas possible de finir comme cela ! Je viens juste d'avoir dix-huit ans. Autour de moi, dans cet hôpital, il y a des personnes atteintes de maladies mentales. J'ai peur de devenir folle !

Un sursaut ! Comme quelqu'un qui se noie, qui par instinct de survie donne un coup de talon pour remonter à la surface. Et on me laisse sortir. Les médicaments, c'est terminé. Pas tout à fait, puisque j'ai dû en prendre toute ma vie pour dormir.

Je décroche mon deuxième emploi comme vendeuse dans un magasin de vêtements situé près du boulevard de Strasbourg, dans le passage Brady. Ils cherchaient une personne qualifiée et moi, je n'avais que le niveau du certificat d'études et aucune expérience, évidemment. J'ai été prise comme manutentionnaire, après quoi on m'a proposé de devenir vendeuse. Et j'ai fait ce métier toute ma vie, je suis restée deux décennies avec ces premiers patrons et autant de temps dans un autre magasin, rue de Rivoli.

Et puis le quotidien s'est imposé et les années de guerre ont été poussées au second plan. Je suis repartie dans la vie. Mais rien n'a été simple. J'aime cette phrase de camarades qui dit que nous étions « intacts aux yeux du monde ». À l'intérieur, c'était tout autrement.

J'ai partagé ma vie avec Jacques, un homme d'une grande compréhension et gentillesse. Je lui ai évidemment raconté mon histoire. Il m'a incitée à tourner la page. Nous avons vécu heureux, élevé nos trois garçons, puis nous sommes devenus les grands-parents de quatre petits-enfants. Une descendance, douce revanche sur ceux qui nous ont tués.

Je m'arrête là. Je suis sûre que vous devez avoir des questions. »

Fragments

« L'inventaire était impossible, au-delà de nos moyens. On se réfugia dans le silence. Il n'est que de lire les nombreux recueils de témoignages sur la Shoah pour voir immédiatement qu'en fait, il s'agit de refoulements qui visent à ranger les événements en bon ordre chronologique. Rien là d'une introspection ni de quoi que ce soit qui y ressemble, mais bien plutôt la trame serrée de nombreux faits extérieurs, de manière à cacher la vérité intérieure. Le survivant lui-même fut le premier, dans son impuissance et le déni de son propre vécu, à créer l'étrange voix au pluriel du mémorialiste, qui n'exprime rien d'autre que de l'extérieur empilé sur de l'extérieur, de sorte que le dedans ne soit jamais révélé.

Nous prîmes bien vite la fuite vers l'Histoire et sa leçon, à la recherche du plus petit dénominateur commun de cette horreur. Il paraît que là, au moins, il y a une cause et, apparemment, un effet. »

Aharon Appelfeld,
L'Héritage nu,
Éditions de l'Olivier, 2006

L'interlocuteur :

« Connais-tu cette photo de Fanny ?

— Pourrait-on parler de la promesse ? »

Promesse

Lettres à Fanny

Fanny,

Quand cette photo de toi est-elle arrivée sous mes yeux ? J'ai oublié. Elle appartenait à Lydie, je crois. Elle repose maintenant dans des archives.

Tu sembles poser comme un modèle pour un peintre : le bras un peu en hauteur, appuyé sur le portail d'une propriété.

J'ai été frappée de ton élégance. Ton tailleur te donne l'allure d'une jeune femme. Tu souris.

J'ai douté quelques secondes.

C'est bien toi.

Je ne voyais pas où tu pouvais te trouver ni quand cette photo avait été prise. Forcément, avant fin novembre 1942. Dans quelques jours tu auras seize ans. Le sentiment que dans notre famille, il n'y avait pas de jeunesse m'est soudainement revenu…

Je sais à présent que cette photo date de l'époque où tu étais cachée en banlieue, au Vert-Galant, avec Bella et Lydie. À qui souris-tu ? Qui tient l'appareil ? Et pourquoi cette photo, ce jour-là ? Peut-être juste pour le plaisir, parce que c'est la vie. Ça se voit.

Où étais-je alors, moi ? À Pau, je pense.

Nous nous sommes quittées passage Ronce, le 16 juillet 1942. Nous nous sommes retrouvées dans une baraque de latrines du camp de Birkenau, puantes, barbouillées de merde, en présence d'une cinquantaine de femmes, assises chacune au-dessus d'un trou. Impossible d'identifier une date exacte dans cet univers. Ce devait être vers novembre ou décembre 1943, j'étais là depuis plusieurs semaines, il faisait froid.

Pour nos « retrouvailles », tu m'as donné une claque. Privilège de grande sœur.

« Mais comment tu as fait pour arriver là !! »

Une manifestation d'amour.

Et je crois que tu as rajouté, avec une rage contenue, qui ne te ressemblait pas, quelque chose comme :

« J'étais sûre que tu finirais par te faire prendre et arriver ici ! »

À l'âge qui était le mien, quinze ans, c'était plutôt exceptionnel de pouvoir être là. Solide, j'avais été jugée temporairement « utile » pour contribuer au monde nazi. Ainsi suis-je entrée dans la dimension du sursis. Comme toi, dix mois auparavant.

À l'époque où l'on se retrouve, depuis le temps que tu es à Birkenau, tu sais dans quelle situation nous sommes pris, la raison pour laquelle, depuis toute l'Europe, les nazis déportent là les Juifs qu'ils traquent, sans merci.

Avril 1944 : tu « disparais » : malade, épuisée, tu ne tiens plus debout, tu rentres au *Revier*, cherchant un abri, un répit… Arrive la nouvelle de ta sélection, celle de ta condamnation à être gazée.

Tu n'es pas morte au *Revier*.

Je sais comment les choses se sont déroulées, même si je les ai oubliées pour moi-même. C'était toujours le même scénario. Un groupe de SS a pénétré violemment dans le *Revier*. Sous le commandement d'un médecin, ils vous ont fait mettre nues puis défiler devant eux, opérant en même temps un tri entre vous : celles considérées comme pouvant encore servir, jugées « utiles », et celles devenues à leurs yeux « inutiles », parce que faibles, malades, à détruire. À la poubelle. Là-bas, la chambre à gaz.

Sache que les sélections organisées par les SS au printemps 1944 ont laissé des traces. Leur écho s'est échappé vers le futur grâce aux Françaises qui, ce jour-là, s'en sont sorties[19]. Très vite, j'ai été mise au courant, tu avais été sélectionnée pour la chambre à gaz. Celles mises « du bon côté » ont regagné les baraques. Elles venaient d'échapper au gazage, terrorisées, elles ne pouvaient qu'être heureuses. Elles ont raconté.

C'était fini pour toi. La mort. Asphyxie. Souffrance. Angoisse abyssale. Rage. Haine. Aucun recours possible auprès d'une humanité désertée. Se résigner pour se calmer. Finir par accepter. Abdiquer. Après quatorze mois de lutte contre soi-même pour tenir. D'espérance.

Tu as dix-sept ans. Tu veux vivre.

Je ne peux rien pour toi.

Je suppose qu'ils t'ont transférée au *Block* 25, celui des « condamnées », des agonisantes, des mourantes, toujours âmes espérantes. Vos corps pouvaient encore être soignés, bien sûr.

Là, avec les autres, tu es enfermée en attendant qu'un de leurs camions passe pour t'emmener, de force évidemment, vers une de leurs chambres à gaz. On le sait, certaines femmes se battaient jusqu'au bout, refusaient de monter dans le camion. Elles étaient tabassées. D'autres se faisaient dociles. À quoi bon.

Ils t'ont gazée tout près de moi.

Je t'écris. J'ai survécu.

Lydie et Samuel, Maurice et Israël aussi.

Comme toi, de Birkenau, Maman, Papa, Achille et Marcel ne sont pas revenus.

Fanny, t'ai-je vraiment fait cette promesse ?

Je devais dire au monde ce que des humains avaient été capables de faire endurer à leurs semblables, je devais tenter de dire comment de l'humanité, l'humanité s'était retirée, je devais parler pour que nous ne soyons pas les « oubliés » de l'Histoire.

M'as-tu vraiment dit « Raconte ! Raconte leur viol de notre existence. L'anéantissement d'un peuple et son histoire. Un grand effacement. Un océan de cendres jetées aux vents, dans les eaux, enfoncées à même la terre. Dans la boue » ?

Au sein de mon témoignage, cette promesse s'est posée, formulée par une gamine de dix-sept ans, condamnée, auprès de sa cadette, dont la survie était alors bien incertaine.

Ce que je sais, c'est qu'en mon for intérieur, cette promesse m'a portée, elle m'a obligée. J'ai eu besoin d'elle pour que naissent et s'ordonnent mes mots. Elle m'a fait sortir de moi.

« Raconte, pour que nous ne soyons pas les oubliés de l'Histoire ! »

Cette phrase tournait dans ma tête.

Entre les royaumes de la vie et de la mort, la promesse nous a liées. Par elle, par mon témoignage, je t'ai fait être dans l'Histoire, être aux yeux de gamines et de gamins de ton âge.

Durant les quatre dernières décennies, je me suis faite colporteuse. On me l'a demandé, on m'y a invitée. Maintenant, notre histoire est posée sur ces pages, la tienne et celle de toute notre famille.

Lorsque nous étions à Birkenau, nous imaginions l'incommensurable stupéfaction qui serait celle du monde lorsqu'il saurait. Cette pensée nous faisait du bien. Beaucoup de bien. Face à un tel crime, le tribunal compétent ne pouvait être que « suprême ». Celui de l'Humanité tout entière. Et cette espérance évidemment nous projetait dans la survie : nous sortirions du royaume des morts, vivants. Pour témoigner.

En découvrant la réalité, le visage de l'Humanité ne s'est pas décomposé. Un peu tout de même. Mais cela n'a pas duré longtemps. Il m'était arrivé d'imaginer que notre survie serait vue comme un acte un peu héroïque, que nous serions accueillis avec une immense attention. Je n'avais toujours que seize ans…

Depuis, j'ai souvent entendu cette même histoire racontée par des camarades : à l'arrivée, la douche fut glacée, on t'écoute à peine, on ne te croit pas trop et puis on s'en fiche un peu aussi… Le monde doit tourner.

Nous avions un savoir à partager, quelque chose de terrible était arrivé : l'assassinat d'un peuple, Maman, Papa, Bella, Achille, Marcel, toi… Devant nous, avait surgi un univers humain, autre.

Je n'avais que mes mots pour le dire.

Fanny,

Je ferme les yeux.

Il me reste l'image de moments, le souvenir d'événements précis. Les périodes, elles, sont devenues incertaines. Je commence une phrase et m'arrête... La même histoire a été tant de fois dite et écrite. La connaissance est établie. On sait comment six millions de Juifs ont été massacrés en Europe. Le témoignage de celles et ceux qui ont survécu a joué un rôle déterminant pour cela.

Mes souvenirs sont fatigués. On pourrait penser que la vieillesse fait son œuvre. Je ne le pense pas. Un peu tout de même. Peut-être alors est-ce ce temps long qui me sépare maintenant de ces années ? Un peu sans doute. Il y a aussi la période tellement dure du retour, lorsque j'ai souhaité oublier. Tout effacer. Et puis, il y a le temps du camp. Nous étions tellement épuisées, comment notre tête aurait-elle pu marcher ? Nos jambes nous portaient à peine.

Et il y a toi aussi.

Marie et moi sommes restées un peu comme des sœurs, toute la vie. Lorsque nous parlions du temps de la guerre, on n'était jamais d'accord ! Comme si nous n'avions pas vu la même chose. On ne s'était pourtant jamais quittées ! Je lui décrivais des situations dont elle n'avait pas gardé souvenir, et j'avais moi l'impression de n'avoir pas vécu les histoires qu'elle me racontait, alors même que j'en faisais partie.

Une chose qui me paraît incroyable, dont j'ai pris connaissance il y a peu. J'étais persuadée de n'avoir pas subi de sélection, or le témoignage de Marie est formel : nous en avons passé une à l'hiver 1944 dans un *Revier* de Birkenau. Je pensais aussi qu'après les *Aussenkommandos*, Marie et moi étions restées dans le *Kommando* de la *Weberei* jusqu'à l'évacuation, alors que nous avons dû le quitter après six semaines seulement.

Fanny, tu es particulièrement concernée par un désaccord entre Marie et moi. C'est au sujet de Mala, notre héroïne de Birkenau. Dans ma version, grâce à tes amicales relations avec elle, qui avait le pouvoir d'affecter dans les différents *Kommandos* de travail, tu es intervenue en notre faveur et c'est ainsi que nous sommes entrées à la *Weberei*. Pour moi, tu nous as sauvées – d'autant plus, en imaginant que nous y étions demeurées plusieurs mois. Mais Marie m'affirmait que c'était elle-même qui avait sollicité l'aide de Mala, déterminante pour nous. Alors, est-ce toi ou est-ce Marie ? Moi, je dis que c'est toi. Tu es mon héroïne.

Avec Marie, nous sommes restées proches toute notre vie. Elle est morte en 2002.

Fanny, te rappelles-tu lorsque nous nous croisions dans notre quartier de Belleville ? Moi, j'étais avec ma bande de copains et copines. Tu aurais bien changé de trottoir… Tu étais sérieuse et intellectuelle, nous n'avions pas les mêmes fréquentations, ni les mêmes ambitions. Tu pensais le futur, je vivais le présent, gamine débrouillarde, qui aimait jouer dans les rues de ce quartier populaire…

De te voir si affectueuse pour moi, là-bas, de te voir…

L'interlocuteur :

« Sont-ils tous là, les membres de la famille de ta mère ? »

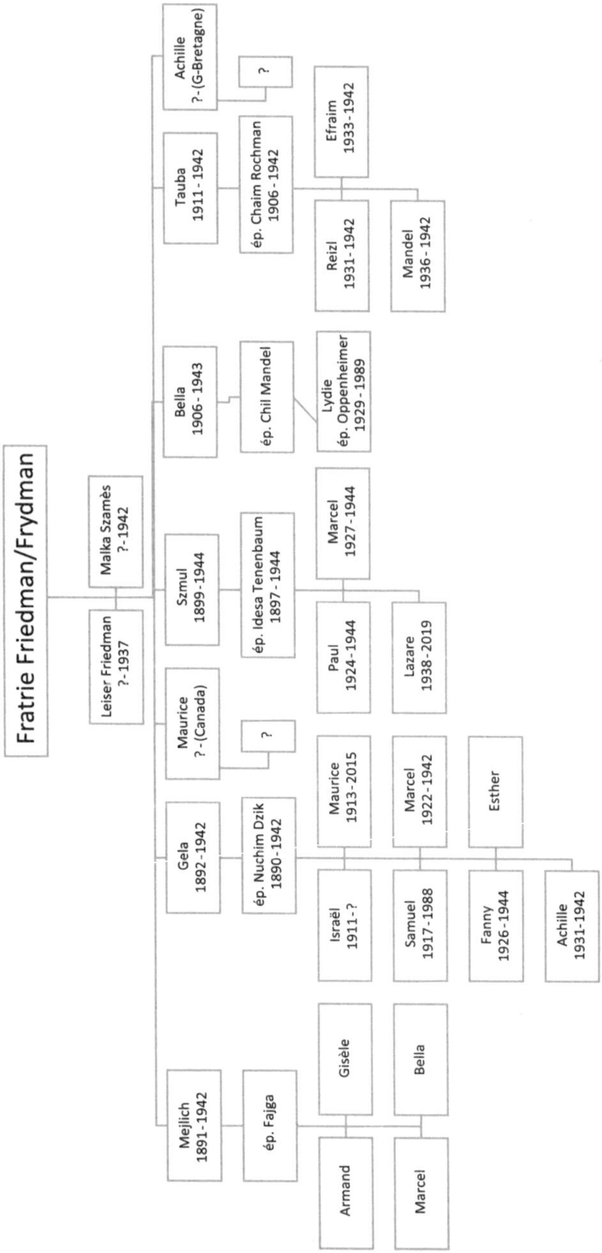

Famille

Lettre à ma mère assassinée

Nuchim et Gela Dzik
(sans date, vue partielle)

Maman,

J'ai redécouvert ton visage et celui de Papa. Je pensais qu'aucune photographie n'existait plus de vous. D'autres ont été retrouvées, et de vos enfants aussi, de tes sœurs et frères, de tes parents de Pologne. Rassemblées, elles forment l'album de notre famille. Aujourd'hui et pour demain, elles sont conservées par des mémoriaux. Traces de vous. À la maison, il y avait aussi quelques photos. Mais comment auraient-elles survécu ?

On me dit que je te ressemble un peu.

Je vous vois heureux. La photographie a immortalisé un pique-nique au bois de Vincennes. Tu sembles forte. Tu l'étais. Une femme de cœur aussi. Pas facile de vivre avec le handicap qui était le tien. Après la guerre, songeant à vous, j'ai imaginé que votre mariage était peut-être un peu « arrangé ». Ton père avait une petite entreprise de confection, prospère. Toujours est-il que vous avez eu sept enfants !

Depuis la guerre, le sommeil me fuit. La nuit, notre histoire défile, et inlassablement, patiemment, je t'explique quelle fut l'histoire des uns et des autres. Je repense à cette nuit du 16 juillet lorsque je ne suis pas revenue à la maison, restant dormir boulevard Voltaire.

Tant que tous tes enfants n'étaient pas rentrés, tu n'allais jamais te coucher. J'ai fait comme toi envers les miens. Attendre que tout le monde soit rentré à la maison. Dormir après.

Je suis souvent invitée dans les écoles pour raconter notre histoire. Très souvent, après mon témoignage, les premières questions vous concernent, toi, Papa et Achille.

Ainsi, tu vois, je parle souvent de vous.

Ne t'imagine pas que j'ai fait cela toute ma vie ! On ne s'intéresse à nous que depuis quelques années. Par « nous », je veux dire les Juifs persécutés, pourchassés par les nazis pour les mettre à mort. Tu es l'une des six millions de victimes juives.

Ils sont nombreux depuis trois décennies, les jeunes qui ont entendu parler de vous. Longtemps, le monde est resté indifférent à ce qui nous était arrivé. Sache qu'au crime dont nous avons été victimes, un nom a été forgé : « génocide », l'assassinat de tout un peuple. En hébreu, celui de « Catastrophe » dit notre destruction, « Shoah ».

À l'époque où vous avez été arrêtés, à l'été 1942, en Pologne, ta famille souffrait déjà depuis deux ans de la persécution. Dès l'invasion en 1940, les Allemands se sont attaqués aux Juifs : ils les ont enfermés dans des ghettos, affamés, soumis au travail forcé quand parallèlement ils les assassinaient par gazage. As-tu eu connaissance de cela ? Qu'as-tu su du sort de ta mère et de ta sœur, restées à Kozienice, emprisonnées dans le ghetto dès la fin de cette année 1940 ? En France, vous avez été victimes de la première grande rafle organisée.

C'était le 16 juillet 1942. Un jeudi.

J'ai appris depuis que des bruits avaient couru la veille – peut-être même un peu avant. Pour fuir et se cacher, il aurait fallu des moyens, de l'aide, que nous n'avions pas. Je suppose que les Juifs vivant dans nos quartiers, se sachant nombreux, ont dû imaginer que, même si les autorités en rêvaient, elles ne pourraient jamais arrêter tout le monde ! Certainement pas les femmes et les enfants...

C'est pourtant ce qu'elles ont fait.

Elles ont arrêté à tour de bras durant deux jours entiers, le 16 et encore le 17 juillet. Tu les as vus : il s'agissait de gendarmes français ; pas d'Allemands à l'horizon... Sache que les membres de ta famille arrêtés en France, qui ont péri dans les centres d'assassinat en Pologne, ont tous été arrêtés par la police française dans des contextes et à des époques différents : Marcel, vous trois, puis Fanny et Bella, moi, ton frère Mejlich...

Maman, ce jour-là, toi, Papa et Achille, vous faites partie des 12 884 Juifs arrêtés à Paris et dans la région parisienne. Achille est l'un des 4 051 enfants, toi, l'une des 5 802 femmes et Papa, l'un des 3 031 hommes[20].

Vous avez été pris dans cette nasse. Mais tu le sais mieux que moi.

Si nous avions su, nous, tous les autres, que cette opération de police était le prélude à notre mise à mort, nous nous serions sauvés, on se serait défendus, on se serait battus. Malgré l'Occupation nazie, on se disait : « On est en France ! » On se rassurait un peu comme cela, on gardait confiance. Les écoles du quartier, celles de la République, nous avaient fait grandir. Enfants venus d'ailleurs et enfants nés en France, on faisait corps avec la nation, par ses racines et son ambition. Ses valeurs étaient nôtres.

Notre dernier jour ensemble n'a pas vieilli, Maman : c'est d'abord le brouhaha terrible qui remonte du passage et qui nous réveille ; tu tentes de voir ce qu'il se passe ; nous tendons le cou : des gens, des policiers, des cris, pas de ménagement. Nos voisins juifs sont contraints de sortir de chez eux. Ils ont des valises, des paquets…

Nous ne pouvons qu'être concernés. Nous le savons.

Affolée, doucement, tu nous ordonnes de nous taire, à Papa, Achille, Fanny et moi. Nous nous figeons chacun de notre côté.

Nous guettons l'écho du bois des marches de l'escalier.

Personne ne vient.

Le tumulte se tait.

Alors, à Fanny et à moi, tu demandes d'aller chez Bella et chez Maurice.

Nous nous sommes quittées ainsi, Maman.

Tu ne l'as jamais su, mais ce jour-là, tu as placé mes pas dans un chemin de survie.

Après le 16 juillet, je ne sais plus rien de vous : où êtes-vous ? Pourquoi vous a-t-on emmenés ? Que va-t-on faire de vous trois ? Je ne sais pas non plus où est Fanny. Est-elle avec vous ?

Lorsque je suis revenue dans le courant de la matinée du 17 juillet, il y avait une sorte d'étiquette avec un bout de cire et un petit fil qui barraient l'accès de la porte de l'appartement. Des scellés. Ça n'était plus notre maison. À la porte interdite, j'ai frappé tout de même. En descendant, je ne me souviens pas avoir parlé à âme qui vive.

J'ai appris plus tard que ce jour-là, Fanny aussi était revenue passage Ronce. Lydie me l'a raconté et Fanny aussi. Car je l'ai retrouvée, Fanny. À Birkenau.

Ce 16 juillet, Fanny monte chez tante Bella, 37 rue Piat. Avec Lydie, toutes trois se cachent dans le grenier de la maison. Elles entendent la police frapper aux portes. Ce n'est qu'après plusieurs heures de silence qu'elles se décident à sortir.

Elles descendent vers le passage Ronce, où, selon les dires de Lydie, une femme les a informées de votre arrestation. Elle nous connaissait et vous a proposé de garder Achille avec elle. Tu as refusé. Tu ne voulais pas te séparer de ton petit garçon. Et connaissant Achille, il n'a pas accepté de lâcher ta main. Avec Papa, vous êtes partis tous les trois.

Ce 17 juillet, habillée d'une légère robe d'été et chaussée d'espadrilles, je comprends qu'il vaut mieux attendre que vous reveniez plutôt qu'aller à votre recherche. Autant rester libre. Je vous imagine internés, quelque part. Peut-être à Drancy, ce camp qui avait fait irruption dans notre vie, un an auparavant.

De votre présence dans ce lieu, les informations qui restent de vous sont un presque rien qui reflète comme une fin : votre prénom et votre nom sur une liste, une date de déportation, un numéro de convoi, le 19. C'est à peu près tout. Certains s'acharnent à vouloir trouver des documents, quelque chose qui refléterait un peu d'histoire.

Votre convoi est parti le 14 août 1942.

Mon cœur s'est serré : vous êtes restés un mois en France après votre arrestation ! Je n'en ai pris connaissance que bien après. Les circonstances de ma déportation m'avaient fait imaginer la vôtre, dans la foulée de votre arrestation. Lorsque je suis partie pour retrouver Maurice à Pau, fin juillet, vous étiez toujours là.

Mais qu'aurais-je pu faire ?

J'essaye de vous rejoindre par la pensée : au Vélodrome d'Hiver, parqués durant des heures dans une chaleur et une angoisse étouffantes, puis au camp de Drancy.

Il faut que tu saches, Maman, que votre arrestation fait toujours grand bruit. Elle est considérée en France comme l'un des événements les plus dramatiques de la guerre. Une honte, qui reste.

Mais ainsi, il n'en a pas été d'emblée. Il a fallu du temps, beaucoup, pour une « reconnaissance officielle ». Cinquante-trois ans. Les autorités françaises qui ont effectué les arrestations pour le compte des Allemands – leur propre compte aussi – ont dit qu'elles ignoraient la finalité : votre assassinat. Je veux bien le croire pour les exécutants. Ce que je me dis : quelques hauts dignitaires habités par la haine devaient bien avoir une connaissance plus juste de la réalité qu'on nous imposait.

Je ferme les yeux. Je sens votre anxiété. Votre lassitude. J'imagine vos paroles échangées avec Papa :

« Mais que vont-ils faire de nous et de tous ces gens ? Quand crois-tu que nous pourrons rentrer à la maison ? Tu penses qu'ils peuvent nous renvoyer en Pologne ? »

Des victimes de la rafle, survivantes de la déportation, ont parlé des valises que vous avez dû faire à la hâte. Je te vois prendre quelques affaires pour Achille et Papa. Un peu pour toi. Ton expression française est plus qu'imparfaite. Tu demandes comme tu le peux aux policiers : « mais où allons-nous ? », « pourquoi nous emmenez-vous ? », « pour combien de temps ? »

Dans cette migration pour fuir la Pologne et l'absence de futur, vous aviez mis toutes vos forces.

Vingt-neuf jours.

Jour après jour, vous avez pris conscience qu'ils allaient bel et bien vous envoyer ailleurs. Comme si vous n'aviez pas de famille ici, pas de vie. Comme si vous n'étiez rien. Comme si vous n'existiez pas. Ça, c'était un indice. Personne ne l'a perçu ?

Avez-vous songé à nous prévenir ? Aucune information n'est plus jamais arrivée vers nous alors même que vous étiez encore en France. Avez-vous songé que ce silence nous protégeait ?

Les informations sur les convois de déportation sont à présent connues. Pendant ce mois passé à Drancy, vers Auschwitz-Birkenau, ils ont fait partir de France treize convois « remplis » de Juifs : de Drancy, d'Angers et de Pithiviers et Beaune-la-Rolande, ces deux camps où la majorité des familles arrêtées les 16 et 17 juillet avaient été transférées. À Drancy, vous avez assisté aux « préparatifs » de huit d'entre eux. Ceux de juillet sont partis les 19, 22, 24, 27, 29, un convoi, tous les deux ou trois jours, de près de mille personnes chacun. Puis il y a eu une accalmie. Mais ce n'était qu'apparence : ils faisaient alors partir des convois des camps du Loiret.

Celles et ceux qui étaient emmenés, vous les connaissiez. C'était vous dans chacun de ces trains. Des familles juives, polonaises pour la plupart, arrivées depuis peu en France. Des étrangers, parlant imparfaitement le français, avec un fort accent d'ailleurs. Beaucoup vivaient dans notre quartier du vingtième et ceux, tout proches, des onzième, dix-neuvième, dixième et du centre de Paris aussi.

À Drancy, commenciez-vous à imaginer votre réinstallation en Pologne ? Avez-vous alors songé revenir à Kozienice, le berceau de notre famille ? Vous l'aviez quitté douze ans plus tôt. Le sort en était jeté, votre vie devait se faire là-bas ! Auriez-vous l'énergie pour revenir en France, une fois la guerre terminée ? N'allait-elle jamais finir ? As-tu pressenti, dans la démesure du sort qui vous était imposé, que quelque chose n'allait décidément pas ? Vous étiez pris. J'imagine, Maman, que tu as songé à Marcel, qui avait été enfermé dans un autre camp, à Pithiviers.

Comme à nous, on vous a parlé de « travail ». Et tu t'es angoissée : comment tout cela allait-il se passer pour vous, toi handicapée, ton mari malade et ton fils de onze ans ?

Peut-être avez-vous imaginé que Marcel allait, lui aussi, être expulsé ou l'était déjà ? Il serait avec vous, il pourrait vous aider, il pourrait travailler. Mais avec les Allemands présents, ce ne serait certainement pas un retour à la case départ.

Tu t'es convaincue que tu ferais face.

De Drancy, les préparatifs pour les départs ont recommencé : le 10 août, puis le 12, puis ce fut votre tour, le 14 août.

Vous êtes arrivés le 17 août en Silésie, région du sud-ouest de ton pays natal que tu ne connaissais sans doute pas. Dans ce convoi n° 19, vous étiez mille personnes. Neuf cent quatre-vingt-cinq d'entre vous ont été gazés à l'arrivée. Toi, Papa et Achille êtes de ceux-là.

Avec ton pied-bot, tes cinq décennies, ton enfant à côté de toi, tu n'avais aucune chance d'entrer au camp pour le petit sursis que représentait le travail esclave. De toute façon, de ton convoi, aucune femme n'est rentrée. Aucun enfant évidemment[21].

Quelques hommes ont été choisis pour le travail forcé, cent quinze. Nous savons que quatre étaient en vie en mai 1945[22].

Lorsque vous êtes arrivés à Birkenau, Marcel était déjà là depuis le 28 juin. Presque sept semaines. Ce 17 août, il n'a pas su que vous étiez assassinés par gazage à quelques dizaines de mètres de lui.

Achille, âgé d'une dizaine d'années

Vous avez été menés vers des espaces boisés. Là, les SS avaient établi des chambres à gaz dans des bâtiments qui avaient été ceux de fermes agricoles. D'ores et déjà, la construction des grandes chambres à gaz était en cours dans l'enceinte du camp. Celles que j'ai découvertes en arrivant, celles avec lesquelles j'ai vécu.

Marcel a eu vingt ans au camp de Pithiviers, en février 1942. Trois mois plus tard, le 25 juin, il a été déporté par le convoi numéro 4 parti de ce camp. C'était seulement trois semaines avant votre arrestation. Avez-vous été mis au courant de son départ ?

Je n'en garde pas souvenir. Après coup, je me demande quel sens cela aurait-il de prévenir une famille de la déportation de leur enfant, alors que l'on prévoit de les arrêter eux-mêmes quelques jours plus tard ? Tout cela, dans une perspective de mise à mort.

Selon l'administration du camp, Marcel est mort

Marcel (au premier plan, agenouillé),
5 janvier 1942. Il est écrit au dos
de la photographie : « À toute ma famille que j'aime,
en souvenir du camp de Juifs de Pithiviers.
Votre fils qui pense à vous, Marcel. »

trois jours après vous, le 20 août[23]. Un acte de décès indique une cause : « Herzmuskelschwäche », « insuffisance cardiaque ». Ils doivent être nombreux ceux morts de cette défaillance ce jour-là à Birkenau. Quel traitement peut faire mourir, en quelques semaines, un gaillard de vingt ans ?

À cette époque, la brutalité est l'une des armes de la tuerie dans le camp. Parmi les assassins, des SS mais aussi des prisonniers de fonction, *Kapos* et chefs de *Blocks*, principalement des Allemands, transférés là depuis des camps de concentration du Reich. Placés dans ces fonctions subalternes de pouvoir, des déportés juifs ont aussi été responsables de violences. Lorsque je suis arrivée au camp, les prisonniers de fonction n'avaient plus ce rôle de tueurs.

L'histoire de Mejlich, ton frère aîné, est celle de Marcel et de tant d'autres. Lorsqu'il a été arrêté, sa fille Gisèle, qui travaillait avec lui dans la confection et bénéficiait d'un *Ausweis*, a tout tenté pour le faire sortir de Drancy. Elle n'y est pas parvenue. Déporté vingt jours après vous, par le convoi 28, le 4 septembre, il est entré au camp où il a tenu un mois et demi. Un acte établit son décès le 12 octobre 1942 : « Herzwassersucht », « hydropisie du cœur », œdème cardiaque[24]. Sa fille ne s'est jamais pardonné.

Puis ce furent Fanny et Bella, ta fille et ta sœur. Le 16 juillet 1942, Fanny et moi, nous nous sommes quittées dans notre passage. Elle est montée vers la rue Piat, je suis descendue vers la place de la République. Après avoir échappé à la rafle de juillet, leur répit fut de courte durée : toutes deux ont été arrêtées trois mois plus tard dans le cadre d'un contrôle d'identité, le 25 novembre 1942, à Belleville. Ce jour-là, Lydie n'était pas avec elles. Internées le 26 à Drancy, elles y sont restées deux mois et demi.

Du haut de ses treize ans, Lydie s'est retrouvée seule. C'est alors que nos histoires se sont rencontrées. Au début de l'année 1943, nous nous sommes retrouvées par hasard dans un centre ouvert pour enfants esseulés, dans le cinquième arrondissement. Là, elle m'a appris l'arrestation de Fanny et de sa mère. De Drancy, elles ont pu lui envoyer des mots. Dans l'un d'entre eux, elles lui demandent de m'écrire afin de me prévenir de leur situation. Elles lui indiquent le 37 rue Carnot à Pau. À cette époque, j'étais déjà remontée à Paris et malheureusement je

n'aurais sans doute jamais reçu leur courrier, car l'appartement loué était au 37 rue Carnot.

Qu'aurais-je pu faire ?

Lydie (au centre), entourée de ses parents,
Chil Mandel et Bella (vers 1931)

Le jour de son arrestation, Fanny est parvenue à faire passer un mot à Samuel, hospitalisé à Tenon depuis juillet :

« Paris, le 25/11/42

Mon cher Petit Sam

Il ne faut pas te désespérer. Je me suis fait arrêter la belle affaire trois ou quatre mois et puis on se reverra. Que veux-tu il fallait bien que j'y passe. Au début on sera malheureux, mais on s'y fera.

Peut-être Pietrokowski pourra-t-il faire quelque chose pour moi je lui ai envoyé deux photos et toutes les indications, qu'il fasse le nécessaire le plus vite possible car nous sommes très vite déportés. Je suis avec tante et je t'écris du Commissariat de l'opéra où nous sommes en attendant d'être amené au Drancy. Surtout soigne toi bien pour que tu puisses sortir et aller travailler, ne pense pas à moi.

Je suis très courageuse. Tu écriras à Esther ce qui s'est passé. Surtout tâche de faire le nécessaire pour moi. Au sujet des gilets, Lilie les vendra et te remettra l'argent. Surtout ne t'en fais pas tu [?] au courage comme moi et remonte un peu Lilie. Sitôt que je le pourrai je t'écrirai encore. Tâche de reculer ton opération et s'ils veulent te garder il faut rester, ce n'est pas la peine de faire des crises.

Je te dis bon courage mon vieux et sois fort. Je reviendrai vite, ta sœur qui ne t'oublie pas, Fanny[25] »

Durant plus de deux mois, il n'y a pas eu de départ de convois, ni en décembre 1942, ni en janvier 1943. Elles ont été déportées par le premier de 1943, le 46e, le 9 février.

Lydie a conservé précieusement leurs messages. Dans le dernier, rédigé sur une page déchirée d'un cahier d'écolier, elles annonçaient leur déportation imminente et tentaient de donner du courage à Lydie. Tenir le coup et y croire quand même. Fanny qui écrit sans doute sous la dictée de Bella a signé la première, d'une graphie plus incertaine, les dernières lignes sont de ta sœur Bella.

« Ma chère fille
Je pars, ne t'inquiète pas. Vas
voir M. Kronenberg [?] la paie
se fait le samedi. Tu monteras
également chez Pietrokowski,
5,7 rue Corbeaux. Vas prendre
ton manteau chez la couturière.
Fanny part avec moi. Bon
courage, surtout pas de
mauvais sang.
Fanny

Bon baiser pour tout le
monde. Surtout pas un
mot à Sam.

Je te laisse de l'argent chez
M. Kolsky.

Ta chère mère Bella
[Pleure pas] ma chère
petit fille[26]. »

Après l'arrestation de sa mère, Lydie n'a pas voulu rester au Vert-Galant. Nous étions alors en décembre 1942 ou janvier 1943. Revenue à Paris, elle a d'abord trouvé une chambre dans un hôtel de notre quartier, rue des Couronnes, puis elle a demandé l'hospitalité à notre tante, l'épouse de Mejlich – lui-même avait alors été arrêté. L'ambiance n'y étant pas, Lydie a préféré partir. On lui a prêté une chambre dans le quartier. Ce n'est qu'après la déportation de Bella qu'elle s'est décidée à solliciter l'administration. Une rencontre avec une assistante sociale l'a orientée vers l'UGIF et la rue Vauquelin. Dans les mois suivants, elle a été envoyée en province puis a été cachée dans une famille, à la campagne, vers Limoges.

Je n'ai pas le souvenir, lorsque j'ai retrouvé Fanny à Birkenau, qu'elle m'ait parlé de tante Bella : est-elle entrée au camp ? Je devrais pouvoir répondre au sujet de ta sœur. J'en suis incapable. Ma mémoire est incertaine, effacée.

Ta fille Fanny a survécu quatorze mois, jusqu'au printemps 1944. Sa résistance a été exceptionnelle au sein de cette organisation conçue pour engloutir les plus acharnés à vivre. Son corps n'en pouvait plus et la morsure d'un chien n'a fait qu'empirer sa faiblesse. Elle a fait tant pour moi là-bas, Maman.

Ton frère Szmul n'a pas été déporté et pourtant il a trouvé la mort. Lui, Idesa son épouse et deux de leurs fils, Paul et Marcel, ont été massacrés le 12 juin 1944 en Dordogne[27]. C'était presque deux ans après votre arrestation et quelques jours après une action d'envergure des forces alliées, un débarquement gigantesque en Normandie, le 6 juin 1944, un événement déterminant dans le combat contre les assassins.

Vers 1930-1931. Szmul, Idesa, Paul, Marcel.

Tu le sais, à l'automne 1941, après les démêlés de son fils Paul avec la police, Szmul et Idesa ont décidé de quitter Paris et de passer en zone libre. Paul n'avait que quatre ans de plus que moi, mais quelle forte conscience politique ! Engagé aux Jeunesses communistes, il entendait prendre sa part du combat contre les nazis. À l'été 1941, tu l'as su, il a été arrêté et jugé pour distribution de tracts séditieux sur le boulevard de Belleville. Quelques semaines plus tard, il a eu une chance incroyable d'être libéré à la suite d'un cafouillage administratif. Début octobre, il est parti rejoindre ses parents à Périgueux puis à Cornille, une bourgade à une quinzaine de kilomètres. Cette alerte avait donné à ton frère Szmul la conscience aiguë du danger. Nous étions tous concernés.

Paul qui fréquentait le lycée de Périgueux a trouvé des camarades, de jeunes Juifs réfugiés dans la région, déterminés à combattre. Dans les derniers temps, je crois bien qu'il était même entré dans la lutte armée.

Ce jour-là, le 12 juin, le drame se noue d'abord dans un affrontement entre un détachement de quelques dizaines d'hommes de la division SS Das Reich qui remontaient vers le nord et un groupe de FTP*. Paul en faisait peut-être partie, peut-être pas. Les représailles se sont abattues sur Cornille, à coups d'obus sur les habitations et de fusillades aveugles.

Oncle Szmul a été fusillé en tentant de fuir vers les bois. Le soir, les SS sont revenus, ils cherchaient son corps que la famille avait récupéré. C'est alors qu'ils ont tué tante Idesa et les deux aînés, Paul et Marcel, avant d'incendier leur

* Francs-tireurs partisans.

maison. Lazar, six ans, a survécu en se cachant dans un tonneau.

Il n'a pas été recueilli par notre famille. Il est resté en Dordogne où il a grandi sous le prénom de Xavier. Il est mort il y a peu, en 2019, il avait quatre-vingt-un ans.

Au temps de la guerre, en mémoire de Paul, ses camarades qui ont poursuivi le combat ont donné son nom à leur groupe armé : la « Compagnie juive Paul Frydman ». Ce drame reste vivant dans la mémoire de cette région qui a particulièrement souffert des violences de la division SS. Treize personnes ont été assassinées ce jour-là à Cornille. Leurs noms sont sur une stèle dans le village.

De ta famille restée en Pologne, je sais peu de chose. Tu t'en doutes, ils n'ont pas survécu. Décédé en 1937, ton père Leiser n'a pas vu la « Catastrophe ».

Au premier plan, ta mère Malka et ton père Leiser, et entre eux, Lydie, fille de Bella, débout à gauche. À côté d'elle, le jeune couple à peine marié, formé par Tauba et Chaim Rochman.

À Kozienice, comme ailleurs en Pologne, les nazis ont d'abord rassemblé les Juifs dans un ghetto. C'était vers la fin de l'année 1940. Ta mère Malka, Tauba ta sœur et son mari Chaim sont morts en 1942 à quelques mois d'intervalle. En février 1942, as-tu su que ta mère venait de mourir ? Sous la botte nazie, j'imagine qu'il n'y avait plus aucune communication.

Dans le ghetto, ils étaient au 30 rue Targowa. Tauba est morte en juin, son mari Chaim serait mort le 1er octobre. Peut-être alors a-t-il été envoyé à Treblinka avec huit mille autres Juifs de Kozienice et de la région, déportés le 27 septembre. Ils avaient eu trois enfants. Je me souviens avoir connu l'aîné. Après la liquidation du ghetto, la centaine de Juifs qui restait a été envoyée vers des camps de travail forcé, à Pionki et Skarzysko Kamienna.

Je me souviens bien de tante Tauba et aussi des grands-parents, Leiser et Malka. Mon voyage en Pologne alors que j'avais huit ans est resté gravé en moi. Il faut dire qu'il n'est pas banal de traverser (presque) seule l'Europe à cet âge !

Nous sommes en 1936. Tu ne savais plus quoi faire de moi qui souffrais d'une scoliose. Tu m'as renvoyée vers ta famille à Kozienice et j'ai passé là avec eux quelques mois heureux. Je ne me rappelle plus, mais je devais comprendre le yiddish. Sans être riche, grâce à l'entreprise de confection du grand-père, ta famille avait une petite aisance.

À la gare de l'Est, dans le wagon, tu avais demandé aux voyageurs de bien vouloir me prendre en charge. J'ai donc traversé l'Allemagne nazie en 1936, dans un sens puis dans l'autre. Sept ans plus tard, j'ai dû refaire ce voyage vers la Pologne, enfermée dans un wagon à bestiaux.

Ainsi, des sept enfants de tes parents, cinq ont été assassinés : trois d'entre vous à Birkenau, toi, Mejlich et Bella ; Tauba est morte dans le ghetto de Kozienice avec ta mère ; ton frère Szmul a été tué par balle en Dordogne avec sa femme et deux de leurs fils. Tes deux frères qui ont survécu avaient fait le choix de quitter l'Europe avant la guerre : Maurice s'est installé au Canada et Achille en Angleterre. À la génération suivante, de tes sept enfants, quatre ont survécu : Israël, Maurice et Samuel, tes trois aînés. Et moi.

Les dix-sept années qui nous séparaient, Israël et moi, étaient un vrai fossé. Tu le sais, il faisait facilement le « coup de poing » contre les gars de l'extrême droite. Longtemps, j'ai cru qu'il était parti en Espagne rejoindre les rangs des Républicains et des Brigades internationales. Ce qui est sûr, c'est qu'il est parti pour l'URSS où il a passé le reste de sa vie. Je ne sais pas exactement quand, l'as-tu su toi ?

Là-bas, tout n'a pas dû être rose… J'ai cru comprendre qu'il a connu le goulag, puis il a dû vivre plusieurs années au Birobidjan, la République juive créée au fin fond de l'URSS par le pouvoir stalinien. Il est ensuite venu s'installer en Crimée. Je sais qu'il a eu un fils et que le lien a été maintenu avec Samuel. Je ne l'ai jamais revu.

Ton autre aîné a été un combattant ! Sais-tu qu'en France, Maurice peut être compté parmi les héros ? Il est mort en 2015, à l'âge de cent deux ans, pensionnaire de l'Institut national des Invalides où j'allais le voir régulièrement.

Un hommage lui a été rendu l'année de ses cent ans, en 2013, lors du soixante-neuvième anniversaire de la libération de Paris. Les troupes alliées et les Forces françaises libres, dont Maurice était, ont joué un rôle de premier plan le 25 août 1944 pour chasser les nazis de Paris.

Cette année 2013, en présence de représentants de la Ville de Paris et de l'État, le parvis est devenu « Place de l'Hôtel de Ville – Esplanade de la Libération ». À Maurice, ancien combattant de la 2e Division blindée, le maire Bertrand Delanoë a remis la médaille Grand Vermeil, plus haute distinction. L'année suivante, il a été fait chevalier de l'ordre de la Légion d'honneur. On peut lire au *Journal officiel* : « Dzik (Mendel, Moszek), 4 août 1913, cavalier ». Avec la petite impertinence dont je suis quelquefois capable, j'ai dit au gouverneur des Invalides : « Dommage, s'il avait été chanteur, il l'aurait eu plus tôt peut-être... »

Au moment de votre arrestation, Maurice était à Pau. Son histoire est liée à celle de sa belle-famille, les Galazka. Pour échapper à la rafle, le 17 juillet, Anna, sa mère, sa sœur et le petit Henri étaient partis vers la ligne de démarcation. Ils ont été stoppés en Charente, à Confolens, en zone libre. Maurice serait venu chercher son fils et sa femme Anna – tous deux avaient la nationalité française. La mère d'Anna et sa sœur ont été contraintes d'aller à Chaudes-Aigues dans le Cantal, peut-être dans une situation de résidence surveillée[28].

J'ai fini par retrouver Maurice et Anna à Pau. Ils ont trouvé à placer leur fils dans les familles Sala et Angeli, d'origine italienne, installées dans la région. C'est à cette époque que nous avons échangé avec Fanny et Bella.

À l'automne, tout a basculé encore. Au mois de novembre, l'invasion de la zone libre par les Allemands a décidé Maurice à rejoindre les Forces françaises libres en Afrique. Anna a choisi de se réfugier dans la zone sous occupation italienne. Quant à moi, je suis remontée à Paris. J'espérais encore vous retrouver.

Après la guerre, Maurice m'a raconté son incroyable périple. Il a d'abord été stoppé en Espagne, à Pampelune, où il a passé huit mois dans les geôles de Franco. Relâché, il est parti en direction de l'Afrique où il a intégré la 2e Division blindée, puis ce fut la Grande-Bretagne. Il a débarqué en Normandie en juin 1944 et a participé à la libération de Paris puis à celle de Strasbourg. Il est même allé jusqu'à Berchtesgaden ! Ainsi, il s'est approché au plus près de la tanière de celui à l'origine de notre destruction.

Avec Maurice, nous nous étions quittés à Pau en décembre 1942. Au mois de mai 1945, en Allemagne méridionale, nous avons ignoré être proches l'un de l'autre.

Son fils Henri est resté à Pau jusqu'à l'été 1944. Heureux et sauf. Ses familles d'accueil, les Sala et Angeli, ont été reconnues « Justes parmi les nations » en 2014.

Auprès de Samuel, Maurice et moi avons pris ton relais. Toute sa vie, nous nous sommes occupés de lui. C'était un peu ton préféré, Maman. Je me rappelle ma petite jalousie : je trouvais que tu t'occupais toujours de lui, un peu trop.

Tu me répondais qu'il en avait plus besoin que nous autres. Il ne s'est jamais remis de votre disparition. Il est resté solitaire et a peu travaillé. À l'approche de l'âge de la retraite, il a été placé à la Fondation Rothschild. Sa mort a été à l'image de sa vie, simple. Il venait de s'asseoir à une terrasse de café. Tout d'un coup, il s'est levé. Il s'est affaissé. Il était mort.

Samuel a échappé à la déportation. Dans cet univers terrible, il est bizarre d'imaginer que c'est un peu sa fragilité qui l'a sauvé. À l'été et à l'automne 1941, nous avons vécu ensemble son arrestation sauvage, en pleine rue, puis son internement durant plusieurs mois au camp de Drancy jusqu'à sa libération en novembre 1941. Et tu ne l'as sans doute pas su, mais le 17 juillet 1942, il a lui aussi été arrêté.

Les circonstances ont fait l'objet d'un rapport de police[29]. Les faits se déroulent dans le onzième arrondissement. Ce jour-là, avenue Parmentier, ayant résisté à la police, il est conduit au commissariat de la rue de la Folie-Méricourt. Là, deux versions s'affrontent : celle de la police qui précise qu'il a voulu se suicider en s'ouvrant les veines et celle conservée au sein de la mémoire familiale, où il est question d'un tabassage tellement violent que les policiers l'auraient gravement blessé à l'estomac.

Ne pouvant sans doute plus le conduire dans cet état à Drancy, ils ont été contraints de le faire soigner. Samuel a été hospitalisé à Tenon, dans le vingtième arrondissement, restant là sans doute sous une certaine surveillance. Il devait se faire opérer. Il y est resté cent quarante et un jours... jusqu'au début décembre. Un délai où l'on peut lire un acte de solidarité. Je suppose que le personnel soignant l'a gardé le plus longtemps possible. En décembre, après avoir su l'arrestation de Bella et Fanny, il a pris la poudre d'escampette, peut-être aidé par la Résistance. Il serait ensuite parti pour Périgueux.

Maman, je viens d'avoir quatre-vingt-treize ans. Pour marcher, il m'arrive de m'aider d'un déambulateur. À l'invitation que m'adressent des enseignants à venir parler à leurs élèves, j'essaye toujours de répondre. Mais je dois me ménager aussi.

Je suis aujourd'hui l'une des dernières survivantes encore en vie. De mon convoi, le 59e – quarante convois après le vôtre –, sur mille que nous étions, en mai 1945, nous restions trente-quatre en vie dont cinq femmes. Je ne sais si aujourd'hui demeurent encore des survivants.

Il y a peu, j'ai appris que j'étais sans doute la seule survivante des Juifs arrêtés et déportés qui vivaient passage Ronce et passage Dhéron[30]. J'ai parcouru la liste des familles de toutes ces victimes. La plupart étaient polonaises, comme nous. Je me souviens des conversations animées que vous aviez entre mères, le yiddish était la langue nationale de cette ruelle. J'ai sans doute connu moi aussi certains de ces enfants déportés, quelques-uns avaient mon âge. J'ai oublié.

Les cris qui remontaient du passage ce 16 juillet, ce sont ceux des policiers, ceux de ces personnes qui protestaient, dont les noms et prénoms sont passés des listes de recensement aux listes des convois. La majeure partie d'entre eux a été déportée durant l'été 1942, comme vous. Ils sont nombreux ceux qui en 1943 et 1944 ont essayé de se sauver. Sans y parvenir. Fanny et moi en faisons partie. Entre mai 1941 et juillet 1944, dix-huit personnes du passage Dhéron et soixante-huit du passage Ronce ont été arrêtées et déportées. Je suis la seule à être revenue. Au numéro 10, il n'y avait qu'une seule famille, nous, les Dzik. Là, par un interstice de temps, s'est faufilée ma survie.

Te souviens-tu de ces gens ? Dans notre passage Ronce, 27 familles ont été concernées, 68 personnes ont été assassinées, et dans le passage Dhéron, 10 familles et 18 personnes[31].

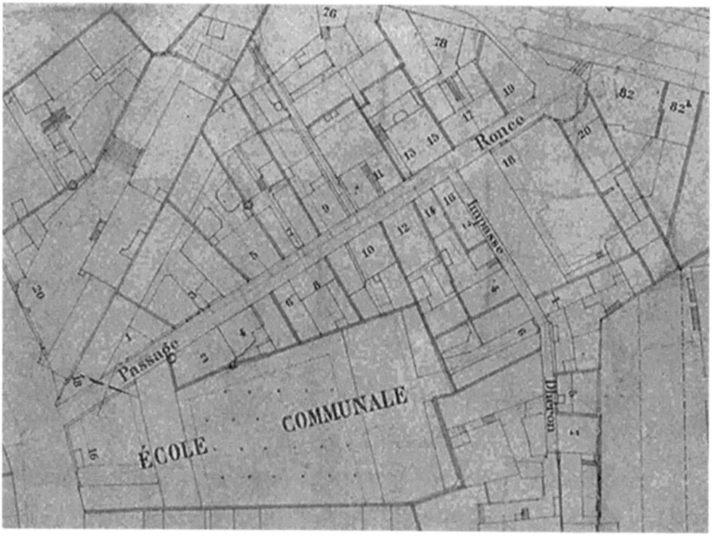

Plan, ancien cadastre, Archives de Paris

Passage Ronce :

n° 3
Rafalowicz,

- Naftal (55 ans, Kielce, Pologne), Convoi 13, 31 juillet 1942, Pithiviers
- Chana (43 ans, Biala, Pologne), Convoi 13, 31 juillet 1942, Pithiviers
- Ida (14 ans, Paris 10), Convoi 16, 7 août 1942, Pithiviers

n° 7

Bergholtz,

– Jakob (46 ans, Varsovie, Pologne), Convoi 9, 22 juillet 1942, Drancy

– Sura (46 ans, Varsovie, Pologne), Convoi 9, 22 juillet 1942, Drancy

Frandji,

– Léa (46 ans, Constantinople, Turquie), Convoi 20, 17 août 1942, Drancy

– Yachaia (44 ans, Smyrne, Turquie), Convoi 24, 26 août 1942, Drancy

– Suzanne (16 ans, Paris 12), Convoi 20, 17 août 1942, Drancy

– Fanny (15 ans, Paris 12), Convoi 20, 17 août 1942, Drancy

– Fortunée (12 ans, Paris 12), Convoi 20, 17 août 1942, Drancy

Mazenski,

– Max (54 ans, Pajentzno, Pologne), Convoi 66, 20 janvier 1944, ramené de Chaumontagne, Ardennes, à Drancy

Milsztejn,

– Rywka (38 ans, Subliny, ?), Convoi 25, 28 août 1942, Drancy

– Eliane (7 ans, Paris 14), Convoi 25, 28 août 1942, Drancy

Mleczac,

– Marja (43 ans, Bryzow, Pologne), Convoi 16, 7 août 1942, Pithiviers

– Mordko (46 ans, Mordy, Pologne), Convoi 13, 31 juillet 1942, Pithiviers

– Charles (16 ans, Varsovie, Pologne), Convoi 13, 31 juillet 1942, Pithiviers

– Sarah (14 ans, Paris 12), Convoi 21, 19 août 1942, Drancy

– Serge (12 ans, Paris 12), Convoi 21, 19 août 1942, Drancy

– Henriette (3 ans, Paris 20), Convoi 21, 19 août 1942, Drancy

Schwartz,

– Hascal (56 ans, Foscani, Roumanie), Convoi 37, 25 septembre 1942, Drancy

– Freida (42 ans, Bakou, Russie), Convoi 14, 3 août 1942, Pithiviers

– Bertha (11 ans, Paris 20), Convoi 20, août 1942, Drancy

– Sophie (11 ans, Paris 20), Convoi 20, 17 août 1942, Drancy

Zyngier,

– Cypa (née Kozes, 52 ans, Chelm, Pologne), Convoi 26, 31 août 1942, Drancy

n° 8

Wajnberg,

– Rubin (47 ans, Storzek, Pologne), Convoi 9, 22 juillet 1942, Drancy

n° 9
Gibsman,
– Jakob (20 ans, Duisburg, Allemagne), Convoi 5, 28 juin 1942, Beaune-la-Rolande

Libermann,
– Chinda (40 ans, Olkusz, Pologne), Convoi 15, 5 août 1942, Beaune-la-Rolande
– Rywka (13 ans, Jedzegord, Pologne), Convoi 15, 5 août 1942, Beaune-la-Rolande

Weinblum,
– Joël (43 ans, Rawa, Pologne), Convoi 66, 20 janvier 1944, venant de Tétaignes, Ardennes, Drancy
– Klara (née Helschkovski, 40 ans, Lodz, Pologne), Convoi 66, 20 janvier 1944, venant de Tétaignes, Ardennes, Drancy

n° 10
NOUS, les Dzik, 6 personnes
– Gela, 50 ans, Convoi 19, 14 août 1942, Drancy
– Nuchim, 52 ans, Convoi 19, 14 août 1942, Drancy
– Marcel, 20 ans, Convoi 4, 25 juin 1942, Pithiviers
– Fanny, 16 ans, Convoi 46, 9 février 1943, Drancy
– Esther, 15 ans, Convoi 59, 2 août 1943, Drancy
– Achille, 11 ans, Convoi 19, 14 août 1942, Drancy

n° 11
Berneman,
– Icek (41 ans, Czana, Pologne), Convoi 5, 28 juin 1942, Beaune-la-Rolande

Kayler,
– Zelota (36 ans, Badam), Convoi 66, 20 janvier 1944, Drancy

Szapsowicz,
– Laja (née Rajzman, 28 ans, Lodz, Pologne), Convoi 16, 7 août 1942, Pithiviers
– Fanny (4 ans, Liège, Allemagne), Convoi 23, 24 août 1942, Drancy

Wajnberg,
– Chana (41 ans, Lodz, Pologne), Convoi 16, 7 août 1942, Pithiviers
– Hélène (16 ans, Valenciennes), Convoi 48, 13 février 1943, Drancy
– Adolphe (8 ans, Paris 20), Convoi 23, 24 août 1942, Drancy

n° 12
Auslerner,
– Pinkus (35 ans, Zelechow, Pologne), Convoi 3, 22 juin 1942, Drancy

Cynaber,
– Chaim (37 ans, Rozprza, Pologne), Convoi 4, 25 juin 1942, Pithiviers
– Cywja (34 ans, Varsovie, Pologne), Convoi 16, 7 août 1942, Pithiviers

– Georges (12 ans, Paris 10), Convoi 20, 17 août 1942, Drancy
– Lucien (10 ans, Paris 12), Convoi 20, 17 août 1942, Drancy
– Denise (5 ans, Paris 10), Convoi 20, 17 août 1942, Drancy

Fajgienbaum,
– Ita (44 ans, Zelzchow, Pologne), Convoi 16, 7 août 1942, Pithiviers
– Sura (18 ans, Varsovie, Pologne), Convoi 13, 31 juillet 1942, Pithiviers
– Bella (15 ans, Varsovie, Pologne), Convoi 14, 3 août 1942, Pithiviers
– René (15 ans, Varsovie, Pologne), Convoi 21, 19 août 1942, Drancy
– Fanny (9 ans, Paris 12), Convoi 21, 19 août 1942, Drancy
– Lise (8 ans, Paris 12), Convoi 21, 19 août 1942, Drancy
– Denise (8 ans, Paris 12), Convoi 21, 19 août 1942, Drancy

Lemel,
– Rachel (12 ans, Paris 12), Convoi 77, 31 juillet 1944, Drancy (Ugif/Saint-Mandé)
– Denise (10 ans, Paris 12), Convoi 77, 31 juillet 1944, Drancy (Ugif/Saint-Mandé)

Seeuws,
– Githa (née Zylberberg, 46 ans, Brzeziny, Pologne), Convoi 77, 31 juillet 1944, Drancy

n° 14
Grynwald,

– Jacob (33 ans, Bedzin, Pologne), Convoi 6, 17 juillet 1942, Pithiviers

– Paulette (36 ans, Zarki, Pologne), Convoi 16, 7 août 1942, Pithiviers

– Marie (8 ans, Nancy), Convoi 21, 19 août 1942, Drancy

– Georges (4 ans, Paris 10), Convoi 21, 19 août 1942, Drancy

n° 16
Traister,

– Friedel (19 ans, Berlin, Allemagne), Convoi 3, 22 juin 1942, Drancy

n° 18
Izraelewicz,

– Abraham (23 ans, Lodz, Pologne), Convoi 3, 22 juin 1942, Drancy

– Chaja (27 ans, Lodz, Pologne), Convoi 11, 27 juillet 1942, Drancy

Roth,

– Elias (35 ans, Wilslok Wielki, Pologne), Convoi 12, 29 juillet 1942, Drancy

Rozencweig,

– Necha (née Listenberg, 50 ans, Zelechow, Pologne), Convoi 47, 11 février 1943, Drancy

Passage Dhéron :
n° 4
Szerman
– Ita (née Zylberberg, 34 ans, Slevemick, Pologne), Convoi 26, 31 août 1942, Drancy
Zylberg,
– Chaya (4 ans, Paris 10), Convoi 26, 31 août 1942, Drancy (Voir Szerman)

n° 5
Wald,
– Abraham (58 ans, Varsovie, Pologne), Convoi 21, 19 août 1942, Drancy
– Ruchla (née Wiental, 52 ans, Varsovie, Pologne), Convoi 21, 19 août 1942, Drancy
– Joséphine (11 ans, Paris 12), Convoi 21, 19 août 1942, Drancy

n° 7
Kosower,
– Herch (44 ans, Prague ?), Convoi 7, 19 juillet 1942, Drancy
– Ruebla (née Gaber, 38 ans, Varsovie, Pologne), Convoi 59, 2 septembre 1943, Drancy
– Hary (16 ans, Berlin, Allemagne), Convoi 7, 19 juillet 1942, Drancy

n° 8
Feldman,
– Judka (53 ans, Grojec, Pologne), Convoi 15, 5 août 1942, Beaune-la-Rolande

– Bella (née Wolbrauch, 43 ans, Rawa, Pologne), Convoi 15, 5 août 1942, Beaune-la-Rolande

– Mordka (14 ans, Lodz, Pologne), Convoi 15, 5 août 1942, Beaune-la-Rolande

Frejlich,

– Naftal (40 ans, Siedlice, Pologne), Convoi 13, 31 juillet 1942, Pithiviers

– Bernard (6 ans, Paris 10), Convoi 24, 26 août 1942, Drancy

– Meilich (9 ans, Paris 10), Convoi 24, 26 août 1942, Drancy

Rosenhan,

– Rachel (née Leibgard, 62 ans, Orich ?), Convoi 68, 10 février 1944, Drancy

Wasersztajn,

– Jankiel (30 ans, Sydlovice, Pologne), Convoi 4, 25 juin 1942, Pithiviers

Zylberstein,

– Ruben (81 ans, Przebdorz, Pologne), Convoi 58, 31 juillet 1943, Drancy

n° 10

Janowerne,

– Golda (née Kipper, 54 ans, Kalisz, Pologne), Convoi 15, 5 août 1942, Beaune-la-Rolande

L'interlocuteur :

« C'était comment la vie passage Ronce ? Connais-tu le film *Le Ballon rouge* ? Il date de 1956, on y aperçoit le passage. Une partie des maisons est déjà détruite mais le numéro 10 est toujours debout ! C'est un film d'Albert Lamorisse qui a obtenu plusieurs récompenses et pas des moindres : la Palme d'or du court métrage et l'Oscar du meilleur scénario original ! C'est un conte, la rencontre entre un jeune garçon et un ballon de baudruche rouge dont l'amitié exclusive suscite jalousie et convoitise des enfants du quartier qui finissent par abattre le ballon. Des milliers de ballons multicolores s'échappent alors de partout pour rejoindre l'enfant et l'emmener dans les airs. Le film se déroule sur les pentes, entre Ménilmontant et Belleville. »

Le Ballon rouge

Espérance

Le passage Ronce n'existe plus

L'entrée du passage Ronce se trouvait à peu près ici. Ce bâtiment de l'école primaire, devant nous, faisait déjà l'angle entre la rue Julien-Lacroix et le passage. Il était pavé et devait faire peut-être quatre mètres de large sur environ deux cent cinquante de long. À son extrémité, vers la droite, se greffait le petit passage Dhéron juste avant la rue des Couronnes. De là, on pouvait prendre le passage Piat pour monter vers la rue des Pyrénées. Dans le temps, dans ce coin du vingtième, à proximité de l'église Notre-Dame-de-la-Croix, elles étaient nombreuses ces petites ruelles. L'habitat était plutôt à la limite de l'insalubrité… C'était un quartier de migrants et de pauvres !

À l'époque de l'opération de rénovation, dans les années 1950 et 1960, des amis m'avaient prévenue des travaux en cours. J'étais venue voir. Quelques-uns de ces immeubles étaient déjà en construction, plutôt genre HLM. C'est comme ça la vie, on rase, pour tout recommencer. Le sentiment que j'ai eu alors ? C'est que notre histoire s'en trouvait encore un peu plus effacée. Les oubliés de l'histoire. Je n'étais pas revenue pour l'urbanisme évidemment. Fermer une tombe.

Marchons vers la rue de Tourtille et reprenons mon chemin d'écolière ! Mon école s'y trouvait, à proximité de la rue de Belleville. On va traverser tout le quartier, en y allant doucement… Je partais par cette rue-ci, Julien-Lacroix, puis tournais dans la rue Ramponeau où je laissais Achille à son école, avant de descendre vers la mienne, rue de Tourtille. Finalement, on passe de la rue de Ménilmontant à celle de Belleville. Je l'ai fait tant de fois étant gamine !

Lorsque je suis rentrée en France en mai 1945, je ne suis pas retournée tout de suite passage Ronce. Ce devait être un mois après. Marie m'accompagnait.

N° 10, passage Ronce, 1er étage. Je frappe. Un homme ouvre. Je lui explique que j'ai habité cet appartement. Que mes parents le louaient. L'homme paraît bien embêté. Il me dit être de Normandie. Son domicile a été détruit. On lui a proposé de le reloger à Paris. Je le rassure : non, je n'ai vraiment pas l'intention de revenir vivre ici.

Je n'ai aucun souvenir d'avoir évoqué la question d'objets, de biens matériels qu'il aurait trouvés dans le logement. De toute façon, nous n'avions pas grand-chose : quelques casseroles, un peu de vaisselle – rien qui eût la moindre valeur ; des vêtements aussi – ceux que je n'avais pas ce 16 juillet…

Avec Marie, depuis le passage Ronce, nous avons fait le tour du quartier. Je me suis dit, « on ne sait jamais… peut-être… ». Personne n'était rentré.

Installés à Belleville, les membres de la fratrie Friedman vivaient à quelques rues les uns des autres. Tante Bella était rue Piat, en contre-haut de notre passage où elle louait un deux pièces dans une jolie maison ouverte sur un petit jardinet, au n° 37. Cette bâtisse existe toujours. C'est là qu'elle s'est cachée avec Lydie et Fanny.

D'une quinzaine d'années plus jeune que ma mère, en 1942 elle devait avoir trente-cinq ou trente-six ans. Elles étaient très différentes. Bella aspirait à la liberté. À l'époque, il fallait être forte pour assumer un divorce, élever seule un enfant… Elle n'est pas revenue. Lydie a retrouvé son père, Chil Mandel, dès 1944 dans la région de Limoges où lui-même s'était caché.

Comme Bella travaillait, Maman prenait souvent Lydie à la maison. Fanny et Bella étaient proches, elles étaient « intellos », lisaient, avaient des idées politiques, de l'ambition…

Mejlich, l'aîné de ma mère, avait un an de plus qu'elle*. Au début de la guerre, tous deux ont la cinquantaine. Lui aussi était tailleur. Père de quatre enfants, il était séparé de son épouse Fajga venue avec lui de Pologne. Il habitait à trois cents mètres à vol d'oiseau de chez nous, en haut de la rue d'Angoulême[32]. Tout a été rénové là-bas aussi.

Il a été déporté début septembre 1942 et il est mort le mois suivant. Il est le seul déporté de sa famille. Ses enfants ont bien réussi. Les deux aînés, Armand né dans les années 1920 et Marcel en 1931, ont été d'importants hommes d'affaires. Leur nom croise celui d'enseignes bien connues : Marionnaud, Jacadi, café Legal, Gérard Pasquier, Singer... Ils ont commencé simplement, dans la confection et les chaussures. Durant la guerre, après la disparition de leur père Mejlich, les enfants ont été cachés en Dordogne. Armand a rejoint le maquis dans les rangs des Francs-tireurs partisans et s'est occupé de Marcel. Ce dernier, à la fin des années 1940, a rejoint le Parti communiste. Il lui est resté fidèle toute sa vie. Un grand patron communiste !

Mon oncle Szmul était d'une dizaine d'années plus jeune que Maman, né en 1899. C'est lui qui a été assassiné en Dordogne par les SS de la division

* Cette branche de la famille a aussi gardé l'orthographe « Frydman ».

Das Reich, le 12 juin 1944. Il était venu en France avec son épouse Idesa Tenenbaum, originaire de Kozienice aussi. Avec leurs trois garçons, Paul, Marcel et Lazar, nés en France, ils habitaient près de chez nous, rue Delaître. Pour les retrouver, nous n'avions que la rue de Ménilmontant à traverser, au niveau de l'église Notre-Dame-de-la-Croix.

J'étais trop jeune à l'époque pour m'intéresser à la migration de la famille. Le pourquoi, je le connais. Ils fuyaient pour toujours l'antisémitisme des Polonais, espéraient une vie libre et décente. S'arracher d'un pays où l'on vit depuis des siècles, ce n'est pas rien…

Au début des années 1930, seuls mes grands-parents et l'une de leurs filles, Tauba, restaient donc en Pologne mais les liens demeuraient forts entre les deux côtés de l'Europe. Des allers et retours ont eu lieu. Bella et Lydie, encore bébé, figurent sur la photographie du mariage de Tauba et Chaim, à Kozienice en 1931. Mon voyage à moi s'est passé en 1936. Entre la Pologne et la France, les informations circulaient uniquement par la voie postale. Mes frères lisaient à ma mère les lettres écrites en yiddish. La nouvelle du décès du grand-père Leiser en 1937 est arrivée ainsi et durant une année, tout le monde a caché à ma mère la réalité de la disparition d'un homme qu'elle chérissait par-dessus tout. Deux autres frères de ma mère, Maurice et Achille, sont partis plus loin : l'un vers l'Amérique du Sud puis le Canada, l'autre, vers Londres. Ils ont fait souche. Le génocide les a épargnés.

Cette partie-ci de la rue Julien-Lacroix a été profondément changée. Dans mon souvenir, elle était bordée de constructions, du moins je crois ; il y avait des terrains vagues aussi. Maintenant, avec toute cette végétation, c'est un peu comme si le jardin de Belleville débordait !

Ma famille travaillait dans la confection, nous étions artisans-tailleurs. Les fils du grand-père Leiser lui ont emboîté le pas. À Kozienice, leur plus gros client était l'armée polonaise pour laquelle ils fabriquaient des uniformes.

De cette petite ville située à une centaine de kilomètres au sud de Varsovie en direction de Lublin, je garde quelques images. Je l'avais quittée alors que j'avais deux ans et c'est à l'époque où j'y retourne que je découvre donc le pays. Au milieu des années 1930, les Juifs ayant migré sont sans doute minoritaires. J'imagine que Kozienice a abrité plusieurs générations de Friedman[33] !

Lors de mes témoignages, des élèves remarquent que je commence en parlant de la Pologne et des Polonais. Avec ces derniers, il y a quelque chose en moi qui ne passe toujours pas… Je ressens leur antisémitisme. Je reste en colère contre eux. On me dit que c'est le pays qui compte le plus de « Justes parmi les nations ». C'est vrai. Mais c'était aussi le pays où les Juifs étaient les plus nombreux.

Voici l'école d'Achille qui fait l'angle de Julien-Lacroix et Ramponeau. Je le laissais là, puis je descendais vers la rue de Tourtille. Achille, il allait à l'école à reculons !

Cette plaque de marbre noir, là, sur le mur de l'école, a été apposée il y a quelques années pour rappeler les jeunes victimes, faire connaître aux élèves et aux passants la déportation et le génocide. Près de quatorze mille enfants ont été déportés de France. Nous sommes comptés parmi eux : Achille, onze ans, Fanny, seize ans, et moi, quinze. Quasiment tous les enfants déportés ont été assassinés.

« À la mémoire des élèves de cette école déportés
de 1942 à 1944 parce qu'ils étaient nés juifs,
victimes innocentes de la barbarie nazie
avec la complicité active
du gouvernement de Vichy.
Ils furent exterminés dans les camps de la mort »

Une plaque semblable a été apposée sur le mur de mon école. C'est aussi le cas d'une grande majorité des établissements scolaires de Paris.

À notre arrivée en France, nous avions atterri dans le douzième arrondissement, quartier de la porte de Vincennes. J'étais toute petite, entre deux et quatre ans. L'un de mes premiers souvenirs visuels s'y enracine : je me revois, montant un escalier qui débouche sur le cours de Vincennes, autant dire, pour un petit bout de chou, sur l'univers entier. Un de mes premiers états de conscience s'enracine là, un souvenir impérissable, de ces moments où les enfants ouvrent les yeux sur le monde : à cette minute, je me sens autonome, grande, et seule. À cette image, se greffe le sentiment qui m'accompagne depuis, de n'avoir jamais eu d'enfance.

Cette première implantation à Paris a été vécue difficilement par ma mère. Il faut la comprendre : le déracinement était profond, étant handicapée, ne parlant pas le français, ne travaillant pas à l'extérieur. Elle a dû ressentir un fort isolement. C'est ainsi que nous sommes arrivés au cœur du vingtième arrondissement, au pied des pentes de Belleville, d'abord impasse de Gênes, tout près d'ici, et ensuite passage Ronce, au numéro 10. Ma mère rejoignait ainsi sa famille.

Si la vie s'était poursuivie, nous aurions sans doute encore changé de logement, évolué vers une meilleure situation. J'en suis sûre car mes parents étaient sérieux et intelligents, nous étions courageux. À l'époque, notre situation était vraiment précaire. De santé fragile, mon père n'exerçait son métier de cordonnier que par intermittence ; à vrai dire, je ne l'ai pas vu souvent travailler. Ma mère, elle, s'occupait de la famille… La langue française était pour eux un obstacle majeur, d'où leur vœu de se rapprocher de leur famille, à Belleville.

L'intégration a commencé par leurs enfants, et d'abord par le labeur et l'engagement de mes frères aînés. Le secteur de la confection était alors la principale activité des Juifs venus de Pologne. On parle de « shmates », « chiffons », en yiddish ! C'était toujours un de mes frères aînés qui rapportait un peu d'argent. Jusqu'à son mariage en 1937, Maurice travaille à façon à la maison : machine à coudre, tissus, pantalons envahissaient notre unique table, celle où nous prenions nos repas. Du coup, c'est le palier qui nous recevait, Fanny, Achille et moi, pour faire nos devoirs ! On n'avait pas de place. La rue nous tendait les bras. À moi surtout qui aimais bien cette liberté !

Israël et Samuel avaient des emplois dans des ateliers extérieurs, Marcel également. Mes parents comptaient surtout sur Samuel et Marcel. Leur arrestation à tous deux, en mai et août 1941, n'a pas fait que chambouler nos cœurs. Les ressources qu'ils nous procuraient étaient vitales.

Fanny et moi participions aussi un peu à l'économie familiale en essayant de rapporter un petit quelque chose. J'avais une dizaine d'années et Fanny guère plus. Il arrivait que le dimanche nous proposions au marchand de volailles qui installait son étal en bas de notre rue de lui faire ses livraisons. J'allais à domicile porter les poulets commandés par les gens du quartier. Vers 13 heures, je recevais mon salaire : un poulet ! Je me souviens aussi d'un tailleur sur mesure qui m'employait de temps en temps : avec un petit tournevis, je devais retirer les bâtis des vêtements. J'ai oublié combien de petites pièces il me donnait par veston. Dans le quartier, il y avait plein d'artisans, de petits ateliers et d'échoppes. Finalement, chaque enfant tentait de contribuer à sa mesure. Nos parents étaient formidables et on avait quand même une vie de famille heureuse.

J'avais tout à fait conscience d'appartenir à un univers particulier, étrangers, Juifs, pauvres, communistes, et que notre existence n'était pas celle des petits Français. Pourtant, on ne se sentait pas isolés. Sans que les Juifs soient majoritaires ici, nous vivions dans un « quartier juif », un petit Yiddishland. Et si ce n'est à l'école, avec les élèves et les maîtresses, nous n'avions pas beaucoup de contacts avec des personnes non juives…

C'est étrange, je ne retrouve pas le souvenir d'avoir parlé le yiddish. Je le comprenais. Il le faut bien puisque c'était la langue de mes parents à la maison ! Je pense que nous répondions en français.

Aujourd'hui, je ne saisis plus que quelques mots à la sonorité yiddish.

Nous n'étions pas pratiquants. Pas du tout ! Je me souviens de la synagogue de la rue de Pali-Kao où nous allions le jeudi parce qu'on nous donnait un goûter, à nous, les enfants. Voilà quelque chose que nous n'avions pas à la maison ! Nous ne respections que la Pâque juive. Dans le cercle familial, c'était une tradition. Ma mère qui, je crois, se sentait investie de cette responsabilité, réunissait alors la famille qui vivait dans le quartier. Mon père était peut-être le plus attaché aux traditions sans être réellement pratiquant. Il allait à la synagogue une fois par an au moment de Kippour.

Nous, les enfants, nous ne savions pas même ce qu'était une prière. Je me rappelle ma cousine Lydie raconter après la guerre sa découverte de la réalité de la pratique religieuse lorsqu'elle s'était retrouvée avec un groupe d'enfants juifs de l'UGIF. Nos parents ne prêtaient aucune attention à la religion. Leur identité juive était autre, mais elle était. Nous étions juifs.

Je ne sais pas si l'on peut parler de « culture communiste », mais c'était un peu cela. Elle était partagée par tous dans la famille. On était arrivé avec elle dans nos bagages. Face à la réalité de l'injustice, la nécessité du combat social animait cette fratrie.

À la maison, il y avait des journaux politiques en yiddish. La conception générale, c'était qu'il fallait s'engager pour sortir les hommes de la misère, partager pour accéder à un mieux-être. Mais le versant politique, qui était celui de la lutte aussi, était sans doute plus fort. C'était tout de même l'époque du fascisme et des dictatures, en Allemagne, en Italie, en Espagne, celle de l'antisémitisme et de la haine...

À cette époque, le Parti communiste était très présent dans le quartier. Mes frères, ma sœur et moi fréquentions les Jeunesses communistes, place du Combat, dans le dix-neuvième arrondissement[34]. Il y avait des animations, des sorties, on nous apprenait des chants... En dehors de l'école, c'était finalement une des seules sociabilités que nous vivions. Je me souviens aussi que par le Parti, nous avions un peu de lait.

J'avais à peine une dizaine d'années et je n'ai pas oublié les funérailles de Paul Vaillant-Couturier. Le cortège mortuaire avait dû partir de la place du Combat et a cheminé durant de longues heures vers le cimetière du Père Lachaise. Il est passé lentement sur le boulevard accompagné par une foule immense.

Mon frère Israël était l'incarnation de cet engagement[35]. Avant même de quitter la Pologne, il militait déjà. Une anecdote familiale : avant son départ, il avait moins de dix-neuf ans alors, il avait organisé une petite grève dans les ateliers textiles où il travaillait. Ateliers qui étaient ceux de son grand-père maternel…

Il était arrivé en France en mars 1930 et déjà en juillet de cette année, il était mis à la porte ! Expulsé pour activisme politique d'extrême gauche. Il est parti vers la Belgique… Et il est revenu… Son choix définitif fut de retraverser le continent européen pour aller vivre en URSS.

Il y a aussi l'engagement de mes deux cousins dans les FTP-MOI : Armand, le fils de Mejlich et Paul, celui de Szmul, assassiné le même jour que son père, en juin 1944 en Dordogne. Des enfants de Mejlich sont restés fidèles à cette idéologie et leur aisance n'y a rien changé. Ma cousine Lydie est aussi héritière de cette culture.

Après la guerre, c'est dans les maisons de l'OSE qu'elle a fait la connaissance de son futur mari, Gaston Oppenheimer. Dès l'accession des nazis au pouvoir, sentant venir le vent mauvais, la famille de Gaston avait quitté l'Allemagne pour l'Alsace, avant de partir pour les États-Unis. Gaston se revendiquant ouvertement communiste dans un milieu familial pratiquant et dans une Amérique où le sentiment anticommuniste se renforçait, ses parents ont préféré le renvoyer en France. C'est ainsi qu'il s'est retrouvé dans une maison de l'OSE.

Le jeune couple a rencontré les difficultés de l'après-guerre : sans boulot, sans argent… Dans les années suivantes, Lydie a fait une belle carrière dans l'administration sanitaire et sociale.

Tous deux étaient de purs militants du Parti communiste ! Intellectuel, cultivé, Gaston était un homme passionnant. À Saint-Denis, chez eux, je me souviens d'une rencontre cocasse avec mon mari Jacques. Les idées des uns et des autres étaient différentes… mon mari étant plutôt gaulliste. Ce devait être vers le début des années 1960. Nous arrivons chez eux. La tête de mon mari ! Dans la salle de séjour, au mur, il y avait un immense drapeau avec la faucille et le marteau ! J'ai cru qu'il allait se trouver mal !

Dans les temps qui ont suivi, on a pu se fréquenter de façon heureuse et s'apprécier. Il faut dire aussi que, petit à petit, j'avais réussi à ramener mon mari vers la gauche… Il y avait de vives discussions entre nous mais on savait s'arrêter, on dialoguait !

J'ai toujours milité. Je suis restée fidèle à la pensée politique du passage Ronce. J'avais ma petite vie politique. Quand je m'absentais pour aller aux réunions, Jacques n'était pas toujours très heureux. Les camarades me disaient :

« Viens aux réunions ! »

Mais il n'y avait que des hommes ! Je me disais : « Les hommes ont leur femme à la maison, moi c'est le contraire ! »

Nous voilà rue de Tourtille ! On tourne à droite maintenant et on va arriver très vite à mon école...

J'en garde un bon souvenir. Nous étions enfants d'immigrés et pourtant nous étions dans les meilleurs ! J'ai juste raté le certificat pour « cause de guerre »... Il n'y avait pas d'antisémitisme, en tout cas je ne l'ai jamais ressenti. Bien sûr, il est arrivé que l'on me traite de « youpine » mais comme j'étais plutôt réactive et même bagarreuse s'il le fallait, je réagissais tout de suite. On réglait ça à la récréation. C'était juste des disputes de mômes, entre clans.

Achille, lui, l'école, je crois qu'il ne s'y sentait pas à l'aise. Lorsque je l'accompagnais, rue Ramponeau, il traînait vraiment les pieds. Par contre, à la maison, il apprenait le dictionnaire par cœur ! Il récitait des définitions entières, c'était très étonnant et impressionnant !

L'école, c'était un temps heureux. En septembre 1940, je n'y suis donc pas retournée.

Continuons à marcher jusqu'à la rue de Belleville, elle est toute proche. C'est là que j'ai commencé à travailler, dans une fabrique de chaussures.

J'avais douze ans. Au n° 19. Aujourd'hui, il y a un immeuble moderne. Le nom de mon patron était Szames et il devait être de la famille de ma grand-mère Malka. Ma tâche consistait à bourrer le bout de la chaussure avec du papier, à y placer une tige puis, avec un petit fer, je repassais le cuir pour le défroisser. J'ai fait cela jusqu'en 1942.

Fanny avait passé son certificat en 1938. Elle aimait l'école et avait l'ambition de faire des études. En 1942, elle suivait des cours dans l'enseignement primaire supérieur, rue des Pyrénées, je crois. Elle serait peut-être devenue institutrice.

Elle avait ses amis et j'avais les miens. Nous n'avions pas les mêmes fréquentations ! Lorsque l'on se croisait, elle avait bien envie de changer de trottoir ! Elle voulait s'élever et notre misère lui pesait. Elle était sérieuse, douce. J'étais rebelle, j'aimais vagabonder avec les autres enfants du quartier. Mon territoire était vaste : depuis la porte des Lilas, il s'étendait jusqu'à la place de la République, et de Charonne à la place du Combat. Avec Belleville au cœur ! Nous avions nos terrains vagues, nos passages…

Avec Lydie, un jour, nous avons poussé un peu plus loin. Toutes les deux, nous nous sommes rendues à l'exposition antisémite « Le Juif et la France » au palais Berlitz, sur le boulevard des Italiens. Ça peut paraître étonnant : deux gamines, douze et treize ans, qui se rendent à une exposition destinée plutôt à un public adulte. L'intense publicité nous avait donné envie de voir cela de plus près. On se sentait concernées…

Au sein de notre famille élargie qui avait fui l'antisémitisme, nous les enfants, nous connaissions cette réalité sans en avoir jamais été victimes – du moins avant l'occupation nazie. L'affiche étant parlante, on ne pouvait pas se tromper sur la « philosophie » de l'exposition : un visage aux traits caricaturés censé représenté « le » Juif, sorte d'incarnation du malin, envisageant la domination du monde...

Nous avons été éberluées, mais secouées aussi par les images grotesques et hideuses. Elles ne faisaient que traduire l'âme de leurs « créateurs ». Toutes deux, nous pouvions sourire de voir que leur science raciste ne leur avait pas servi à nous identifier... Il nous manquait regard de monstre, nez difforme et mains crochues !

L'exposition a commencé en septembre 1941 et a duré jusqu'en janvier 1942. Six mois après, avait lieu l'explosion : la rafle et l'anéantissement de notre vie.

Mémoire en partage

« M'entendez-vous ? »

« Madame Senot, avez-vous parlé de votre histoire ? » me demandent les élèves, « quand » et « à qui ?… », « comment ? »…

Je viens de leur faire un récit où marchaient à côté de moi des milliers d'ombres. Ils ont écouté attentivement. L'un des sujets qui les préoccupent le plus est celui de la réception de ma parole, celle des survivants. Ils ont raison, c'est important. Et il y a là une autre histoire, celle d'après.

« Esther, tu raconteras pour que l'on ne soit pas les oubliés de l'Histoire ! »

Parce que nous l'avons été. Tout d'abord en France, durant la guerre. Même si à l'époque on ne savait ce qui se cachait derrière tant de brutalités, les femmes, les hommes et les enfants ont été abandonnés, « négligés » dans un pays qui se réclamait de la philosophie des Droits de l'Homme. Car, oui, bien sûr, on a vu arrêter les Juifs, on a su qu'ils étaient déportés. Puis au retour, avec tant d'autres, Juifs et non Juifs, « négligés » dans le trauma qui venait désormais dédoubler notre identité.

La première fois que je suis retournée passage Ronce, c'était environ un mois après notre retour. Marie m'accompagnait. Je savais que je ne retrouverais personne. Notre appartement était réoccupé. Il n'était pas question de chercher chicane, je ne voulais plus vivre là.

Nous avons fait un tour dans le quartier. J'ai croisé des connaissances : une gardienne, un voisin…

« Ah ! Alors, vous êtes revenue ! Et que vous est-il donc arrivé ? Et vos parents, ils vont revenir ? » « On a entendu parler des déportés ! »

J'allais à l'essentiel, haletante : l'assassinat, les gazages, le travail forcé, le camp, la *Koya*, le *Revier*… J'expliquais que personne ne reviendrait, qu'ils étaient tous morts, assassinés, gazés… Mes parents, mes deux frères Marcel et Achille, ma sœur Fanny, ma tante Bella et puis mes oncles, mes cousins… et des centaines de milliers et milliers de Juifs comme nous. Que nous étions dans un lieu en Pologne nommé « Auschwitz » et qu'il existait d'autres lieux du même type, créés par les nazis…

J'ai vu l'incrédulité sur les visages. On ne me croyait pas. J'étais une gamine. Peut-être un peu dérangée par les événements ? Sans doute que j'exagérais. Peut-être cherchait-elle, celle-là, à se donner de l'importance ? Et d'ailleurs, quelle était vraiment son histoire puisqu'elle était revenue ?

Terrible, non ? La vérité était une voie sans issue.

Cette période a été abominable. Au camp, notre effroi, glacé, nous anesthésiait et nous prémunissait aussi. La chaleur, nous la trouvions dans nos petites formations humaines, à deux ou trois. Là, se jouait la sauvegarde de notre humanité, dans notre capacité à rester attentionnée à l'autre. Marie a sauvé ma vie, m'aidant, me secouant, me traînant, m'encourageant, me forçant… et j'ai sauvé la sienne. Ce duo était notre famille. Notre vêtement d'humanité.

J'avais quinze ans et je n'avais qu'un seul but : vivre, vivre, vivre… C'était une obsession. Je ne voulais pas mourir. En revenant, j'avais atteint mon but et en même temps je n'en avais plus. J'ai été traumatisée par l'indifférence. J'ai haï le silence.

J'ai voulu mourir.

À l'hôpital psychiatrique, tout doucement, ma détermination à vivre est revenue. Comme une sève. En janvier 1946, j'ai eu dix-huit ans. Le passage entre les deux mondes, au retour, a failli me coûter la vie. Dans cette solitude extrême, Marie était la seule qui pouvait me comprendre. On se voyait, on s'aidait mais déjà, elle était repartie dans la vie avec sur le dos, un sac bien lourd aussi. De ma famille, celles et ceux qui restaient ne pouvaient imaginer, ils ne le voulaient pas non plus. Après avoir dû, eux-mêmes, fuir et se cacher, calmer leur peur, ils devaient aussi, des êtres qu'ils avaient aimés et perdus, faire leur deuil.

Sous une pierre tombale, le passé était scellé. Le dialogue serait avec mes morts.

La famille que j'ai fondée n'a pas été un lieu pour la parole. Et c'est mieux ainsi. Mon mari Jacques qui connaissait mon histoire avait une façon assez simple, et sans doute saine, de concevoir les choses : il fallait tourner la page de la douleur et ne plus y revenir. Inutile de ressasser. Et finalement, cela allait assez bien avec le faible intérêt des gens à l'époque pour cette histoire… La famille de mon mari ne m'a pas posé de questions non plus. Ils n'étaient pas indifférents, peut-être gênés ; les gens avaient peut-être peur de l'océan de douleur que l'on pouvait projeter, comme un dragon, son feu ?

À nos trois fils, Robert, Michel, Daniel, je n'ai jamais rien dit, avant qu'ils ne me posent eux-mêmes des questions. C'était au moment de l'adolescence de chacun. Espacées de sept ans, leurs naissances m'ont fait échapper à un « interrogatoire collectif ». L'aîné et le plus jeune ont souhaité en savoir plus ; Michel, lui, ne voulait pas en entendre parler, il ne supportait pas que cela ait pu arriver à sa mère.

À l'époque de leur scolarité, dans les années 1950-1970, on ne parlait pas de cette histoire. Au temps de celle de Robert, dans les manuels scolaires, il y avait deux lignes sur le sujet. Pour les deux autres, c'était à peine un peu plus. Pourquoi les traumatiser alors qu'ils ne demandaient rien ? Si alors, il y avait eu un réel enseignement, ils auraient peut-être posé des questions. Mais je ne me voyais pas leur dire : « Bon, je vais vous raconter ma vie… », alors que l'on n'en parlait pas.

L'une des premières fois – peut-être la première – où j'ai pris la parole, c'était en Pologne, à Birkenau même. Au début des années 1990, avec Jacques, nous prenons notre retraite et décidons un voyage « touristique » en Pologne, qui comprenait la visite de l'abominable…

La visite accompagnée d'une guide a commencé au camp d'Auschwitz, devenu Musée d'État. Au temps de la guerre, à Birkenau, nous savions qu'il y avait, non loin, un autre camp, « Auschwitz ». Depuis 1945, j'avais eu l'occasion, par les médias, d'en voir des images et notamment l'entrée, dominée par l'inscription « *Arbeit macht frei* ».

J'écoute attentivement la guide. Ce dont je suis sûre, c'est qu'à trois kilomètres de là, nous n'avons pas vécu le même quotidien. Pourtant, Auschwitz était aussi au cœur du périmètre de l'extermination.

L'après-midi, nous « visitons » Birkenau. Le discours de la guide me devient rapidement insupportable. Elle forge une représentation qui a peu à voir avec la réalité que j'ai vécue. J'explose : « Je vous en prie, arrêtez de dire n'importe quoi ! Moi, j'étais ici durant dix-sept mois ; je crois que je connais un peu mieux que vous ! » La guide s'est tue. Je ne cherchais pas à l'humilier, seulement à arrêter un flot de mots qui ne correspondaient pas au réel. Je me suis sentie agressée au plus profond de moi-même.

J'ai su par des camarades que les autorités du camp, à une certaine époque, faisaient la visite de Birkenau sans même évoquer les Juifs. Ou du bout des lèvres. Comment cela était-il possible ?

Du coup, ce jour-là, la guide m'a laissée parler.

Depuis, je suis revenue de nombreuses fois, notamment avec l'Union des déportés d'Auschwitz. Ainsi, c'est là, au sein même de Birkenau, qu'a émergé mon témoignage et que j'ai trouvé la force et l'énergie de parler.

Peu de temps après, je faisais mon premier témoignage dans un établissement scolaire. C'était à Perpignan où Jacques et moi avions décidé de passer notre retraite. Après la guerre, j'avais établi des relations avec des associations de survivants, l'Amicale d'Auschwitz devenue l'UDA et la FNDIRP, Fondation nationale des déportés et internés, résistants et patriotes. C'est par l'intermédiaire de celle-ci que j'ai fait cette première intervention dont le souvenir reste intact en moi.

Le bureau régional de la FNDIRP m'a fait rencontrer un enseignant d'histoire en lycée qui souhaitait inviter un rescapé. On a mis en garde la novice que j'étais : attention ! l'établissement était considéré comme « assez difficile ». Une manière de voir les choses qui ne m'a pas plu.

Lorsque je suis rentrée dans la classe, j'étais inquiète. Non pas de l'auditoire mais de devoir prendre la parole en public. L'enseignant m'avait rassurée : ses élèves étaient bien préparés. « Après tout, me suis-je dit, ce ne sont tout de même pas des gamins qui vont me faire peur ! »

Je suis montée sur l'estrade et je leur ai dit :

« Voilà, je vais vous raconter ce qui s'est passé pour moi et ma famille durant la Seconde Guerre mondiale. Je ne suis pas professeur d'histoire, je ne suis pas conférencière, je vous raconte simplement une période de ma vie. Cela n'a rien à voir avec ce qui se passe actuellement au Moyen-Orient. Si vous n'êtes pas d'accord, vous n'êtes pas obligés de m'écouter, mieux vaut alors sortir. »

Aucun élève n'a bougé.

J'ai raconté mon histoire dans une atmosphère respectueuse. À la fin, ils m'ont posé beaucoup de questions. Un mois après, j'ai reçu une enveloppe de grande taille : une trentaine de lettres rédigées par ces lycéens dont certaines très personnelles. Et ils m'ont fait un livre de poèmes. J'étais sidérée et profondément touchée.

C'était mon premier témoignage. Un immense soulagement.

Écrire les vies pour dire l'histoire

À toi, Esther,

« Je m'appelle Esther Senot. À l'invitation de vos enseignants, je viens témoigner de mon histoire durant la Seconde Guerre mondiale… »

C'est ainsi, Esther, que tu commences ton témoignage. Je l'ai souvent entendu dans le cadre des séances pédagogiques que nous organisons à l'Union des déportés d'Auschwitz. Le projet d'écrire ton témoignage est né là, de façon naturelle.

Tu commences à parler, sur la table tes mains sagement se réunissent, sous la chaise tes pieds se croisent un peu en retrait. Il arrive que l'un d'eux batte mécaniquement la mesure. J'ai songé à une écolière interrogée à l'oral, un peu anxieuse. À plus de quatre-vingt-dix ans, tu te lances dans le récit d'une histoire qui s'est imposée à toi entre tes quatorze et dix-huit ans, devant un auditoire qui a le même âge. Je te vois descendre en toi, le long du temps, pour retrouver le présent d'alors, une dimension intacte qui t'habite.

De ta volonté de témoigner et de celle de tes camarades, un héritage a été constitué. Au fil des décennies qui nous séparent de la guerre, vos souvenirs se sont mués en archives. Dits et écrits, vos mots ont forgé une représentation du génocide qui habite désormais le silence et le néant prévus et rêvés par les assassins. Pour le plus grand nombre, votre mémoire sera une entrée dans l'histoire.

De la prière des condamnés et mourants dans le camp, de celle, inaudible, des plus nombreux, gazés, vous les survivants, avez endossé la responsabilité du devenir. Une promesse. Des morts, vers les vivants, vous vous êtes faits passeurs, regardant aussi au-delà, du présent, du temps même, pour faire retour sans cesse vers l'humanité.

« Que de grands mots ! » peut-on penser. L'emphase n'accompagne jamais les textes qui évoquent la Shoah. Au fil de ces dernières années, des discours, tu en as entendu et entendu. Cette histoire fait couler les mots car il s'agit de dire la mort, le massacre, le crime contre l'Homme, sa négation, la haine, la perversité, la responsabilité, la douleur, la survie, le trauma, l'humanité et l'inhumanité, l'espérance…

Votre mémoire marche vers les mots : il faut les identifier, les rapprocher et les ajuster, les décliner, les assembler… pour tenter de donner à voir ce qu'a pu être la réalité de la traque et du massacre.

Le travail de formulation recouvre une démarche de nature expérimentale, ainsi cet événement historique, le « génocide », engendre-t-il des textes. Une recherche.

Parce que la classe a été un cadre pour l'émergence de ton témoignage, Esther, et que les élèves ont constitué ton auditoire premier, il apparaissait important de conserver cette origine de ta parole. La classe n'est toutefois ici qu'une représentation, car le passage de la forme orale vers l'écrit a naturellement influencé ton récit. Ces dernières années, dans un contexte désormais très attentif à la Shoah, cette « translation » a été encouragée et souvent accompagnée. Toi et moi avons échangé à ce propos. L'écriture de ton témoignage ne pourrait être une simple transcription et elle serait aussi accompagnée par le regard historien.

Me glissant dans « le bon ordre chronologique » qui conduit ton témoignage, mon oreille ne pouvait négliger la rencontre avec la complexité. La mémoire bat de ses palpitations propres. Issue du massacre de masse qu'elle a traversé, la survivance chemine, portée par une mémoire fondamentalement traumatique. Ainsi, on emboîte le pas au souvenir personnel, et défilent des visages, des événements… Soudainement, des reconstructions ou des absences se font entendre. Ce sont peut-être des choix conscients ou peut-être pas. Intimes et légitimes, en tout cas. La fragilité et la complexité sont la substance de souvenirs enracinés dans le drame. Le trauma est là, et si la mémoire nous fait le rencontrer, il a lui-même la puissance de lui donner forme. Alors que ton témoignage se referme, on comprend, avec Aharon Appelfeld, combien son socle chronologique est protection, on comprend le défi de marcher au-delà. Alors que tout semble avoir été dit, tout est à recommencer. Il fallait ouvrir ton témoignage. De l'exploration de ta mémoire, tu as accepté l'idée. Elle en ressort peut-être éclairée.

Au final, qui avait légitimité pour dire l'histoire des tiens, si ce n'est toi ? J'ai souhaité m'effacer et que le rendu de la confrontation entre la mémoire et l'histoire se fasse dans le domaine des mots qui appartiennent à tous, te faisant t'adresser au travers de lettres aux tiens disparus, image du silence vécu auprès d'eux durant des décennies, ou encore, te faisant nous emmener par les rues, entre présent et passé, dans ce quartier qui est aussi le mien.

Pour signifier la réalité d'après la destruction, l'image des « Fragments » est venue naturellement, interprétation de ton monde brisé. Au cœur d'un arbre généalogique dévasté, je te vois comme le lien entre les branches arrachées dont l'absence fait souffrir. Sous la surface de ta parole, on identifie d'autres narrations, souterraines, non formulées. Il fallait les identifier, tenter de leur donner cohérence, les mettre en lumière. Elles disent l'histoire de ces ombres qui marchent dans ton témoignage : tes proches, parents, frères et sœurs, au-delà, les membres de ta famille maternelle, et encore, vos voisins du passage Ronce… Miroir fracturé de ton témoignage, la lecture des fragments peut suivre le fil des pages ou, à l'inverse, les remonter. Car, il y a d'abord eu l'espérance de ta famille en la France et en une vie meilleure ; son massacre a ouvert l'ère de la promesse et de ton engagement. Entre les fragments, comme un pas de côté, un invisible interlocuteur, interlocutrice peut-être, pose une simple question, en lien avec une photographie, une généalogie, un film. Le personnage est passeur vers les autres narrations, celle qui nous fait rencontrer le trauma issu du massacre de masse par sa mémoire, en ses constructions et absences, celle qui, de la réalité meurtrière, esquisse une représentation au travers d'une fratrie disparue, celle qui tente de rejoindre ces femmes, ces enfants, ces adolescents, ces hommes, lorsqu'ils cheminaient par les rues, sur cette terre où ils ont bien cru que la vie fleurirait.

Vers le passage Ronce, symboliquement le texte ne cesse de revenir. Lieu premier de la dispersion et de la disparition. Masque de la destruction. En ce matin du 16 juillet, ces voix qui remontaient du passage étaient celles de la police française mêlées à celles de vos voisins. Retrouvés dans le cadre d'une recherche, leurs noms ont été agrégés à ton histoire, à votre histoire, pour qu'eux aussi, posés sur ces pages, sortent un tout petit peu de l'oubli. À proximité, vivaient les membres de ta famille maternelle, évoquée sur trois générations, entre Kozienice et Belleville. Vous, les Dzik, étiez au numéro 10, modeste bâtisse que l'on aperçoit dans le beau film *Le Ballon rouge* d'Albert Lamorisse, toujours debout en 1956, alors qu'autour, gagnent les ruines par où commence le nouveau monde à venir.

Gela, Nuchim, Fanny, Samuel, Achille… Par-delà le temps, je ressentais le besoin de les rencontrer. Mes représentations provenaient de tes paroles. Leur visage me manquait. Au fil des recherches, les photographies conservées au sein de ta famille et de centres d'archives, d'associations ont été réunies, formant un album[36]. Souriants, tes parents sont saisis le jour d'un pique-nique familial et amical, peut-être au bois de Vincennes. C'est un jour heureux. Ton petit frère Achille, lui, je l'imagine photographié dans votre quartier, peut-être rue des Couronnes ; le cliché a figé la réserve qui semble l'habiter. Marcel est à Pithiviers. La neige dit l'hiver. Il a eu vingt ans en février. Henri devait être représenté avec les siens, son épouse Anna et leur fils Henri, et à Pau. Les portraits disent un peu des êtres : celui d'Israël, beau garçon, fait saisir qu'il ne s'en laissait pas conter. Samuel a un visage d'ange. Et il y a aussi tes grands-parents en Pologne, tes oncles et tes tantes… Venues alimenter doucement le projet, ces photographies se fondent avec le texte. Initialement, ce n'est pas le terme « Famille » qui avait été choisi pour ce chapitre mais celui de « Génocide ».

Les témoignages de ta cousine Lydie et de Marie, ton amie, sont précieux, récits biographiques enregistrés, sauvés. Archive orale, ils offrent la possibilité de questionner les sources et de les croiser. Les témoignages communiquent entre eux, on s'y déplace de l'un à l'autre, comme dans un labyrinthe. La mémoire conservée forme un monde en soi. Mon attente était grande : toutes deux allaient peut-être apporter des réponses à ces interrogations nées de ton témoignage. Cette réalité s'est effacée devant la rencontre avec deux individualités, fortes et belles. Leur histoire personnelle s'est imposée, entrant dans la substance de ton récit.

Marie Tuchszerer, toute de douceur, habitée par la monstruosité subie, est venue jeter une lumière essentielle sur ton témoignage, permettant d'identifier ce trou noir dans ton espace-temps qui prend le pas sur la réalité durant les premiers mois de 1944. Le trouble mémoriel était un sujet reconnu de vous et abordé lors de vos échanges. Ce que toi-même, à ce sujet, tu disais d'une manière anecdotique, a dès lors pris consistance pour moi. Ce temps évanoui accompagne la disparition de Fanny et un quotidien devenu douloureux et proprement insupportable. Afin de peupler ces moments mémoriels désertés d'images, le témoignage de Marie a été sollicité comme une continuité de votre solidarité.

Avec Lydie, nous étions au cœur de votre fratrie. Elle pouvait aider à comprendre le basculement de vos vies après la rafle du Vel d'Hiv à laquelle elle avait échappé avec Bella et Fanny. Son témoignage qui vient en écho du tien dit aussi une autre survivance, celle d'une enfant cachée, sauvée. Dans la période de l'après-guerre, on se permet d'imaginer vos soirées chaleureuses. Tu m'as dit que vous ne parliez pas du passé. Mais une question reste en suspens. Quelle fut l'histoire de Bella ? Est-elle entrée au camp ? Tu réponds que tu ne sais pas. Son souvenir a été emporté.

Et puis, il y a Fanny. Ta promesse, réelle et symbolique, l'a placée au cœur de ton édifice mémoriel. Son image, son courage et ses rêves brisés ont insufflé l'énergie pour marcher jusqu'ici, accompagnant l'écriture d'un peu de son histoire.

Isabelle

NOTES

[En France, Paris, quartier de Belleville]

1. L'ordonnance allemande en date du 27 septembre 1940 qui oblige les Juifs en zone occupée à se déclarer (dès le mois d'octobre, dans les sous-préfectures et, à Paris, dans les commissariats) donne naissance au « fichier Tulard ».

2. La rafle dite du « Billet vert » : 6 494 Juifs apatrides ont été convoqués par la Préfecture de police ; 3 747, soit près de 60 %, s'y sont rendus qui ont été envoyés dans les deux camps de Pithiviers et Beaune-la-Rolande.

3. La rafle a lieu entre le 20 et le 24 août. Arrêté le 21, Samuel fait partie des 4 232 hommes entre dix-huit et quarante ans concernés.

4. Environ 750 internés, dont une grande partie avait été raflée à l'été 1941, sont libérés du camp de Drancy à la mi-novembre 1941.

5. Le couple Zysman et leur fille ont été arrêtés ce jour-là. Toutes deux ont été libérées tandis que le père était gardé. Il a été déporté dès le 29 juillet 1942 par le convoi 12 et n'est pas revenu. En juillet 1944, la pension a été victime d'une rafle ainsi que l'orphelinat proche. Près d'une trentaine d'enfants hébergés à La

Varenne-Saint-Hilaire, dont les plus âgés avaient juste dix ans, ont été déportés par le convoi 77 du 31 juillet et assassinés à Birkenau.

6. Remerciements à Olivier Dzik, fils d'Henri, petit-fils de Maurice, pour avoir éclairé l'histoire de la famille de sa grand-mère, les Galaszka, et les vies d'Israël et Tauba.

7. La ligne de démarcation existe jusqu'au 1er mars 1943.

8. Le réseau de la rue Amelot, au n° 36, naît dès 1940 à partir d'organisations juives jusque-là tournées vers des activités d'assistance, sanitaires et sociales. Tout comme l'Œuvre de secours aux enfants, l'OSE, ou les Éclaireurs israélites de France, il se transforme en réseau de résistance et se consacre particulièrement au sauvetage des enfants.

L'OSE est une association créée en 1912 à Saint-Pétersbourg par des médecins, pour aider les populations juives défavorisées et persécutées. En 1923, l'OSE s'établit à Berlin puis, en 1933, se réfugie en France. Durant la Seconde Guerre mondiale, elle a secouru plusieurs milliers d'enfants juifs. À la libération de la France, elle recueille plus de deux mille orphelins, dont 427 rescapés ayant transité par le camp de Buchenwald. Depuis 1945, l'OSE perpétue une mission d'accueil et de protection.

9. L'UGIF, Union générale des Israélites de France, est une institution créée par le régime de Vichy, le 29 novembre 1941, soumise au contrôle du Commissariat général aux questions juives, lui-même mis en place en mars 1941. Elle remplaçait toutes

les organisations juives qui devaient cesser d'exister en tant que telles. Tous les Juifs devaient s'y affilier.

10. Les lettres ont été déposées au Mémorial de la Shoah par Lydie Mandel-Oppenheimer.

11. Envoyée en province, dans la région de Limoges, sans doute au printemps-été 1943, elle a ainsi échappé à la rafle qui en juillet 1944 a touché tous les centres de l'UGIF dont celui de la rue Vauquelin. Les enfants et adolescents raflés ont été déportés par le dernier convoi, 77, fin juillet-début août 1944. Remerciements à la famille Oppenheimer pour le prêt de l'enregistrement de son témoignage. (« Shoah Foundation », University of Southern California.)

12. Le lieu a été victime d'une rafle, fin juillet 1943.

13. « Utiles », « inutiles », sont les termes utilisés pour légender l'*Album d'Auschwitz*, qui rassemble des photographies prises par les SS au printemps et à l'été 1944 à Birkenau lors de l'arrivée des Juifs déportés de Hongrie,

[Auschwitz Birkenau]

14. *Kommando* de travail forcé : les travaux s'effectuent ou non dans l'enceinte du camp et par tous les temps (routes, voie ferrée...).

15. Témoignage de Marie Tuchszerer, « Shoah Foundation », University of Southern California. Les éléments factuels issus du témoignage de Marie sont signalés par l'italique.

16. Aucun éclairage n'est donné sur la raison qui les fait renvoyer de la *Weberei*. Marie semble sous-entendre qu'il s'agissait de favoriser des femmes d'autres nationalités, peut-être non juives, polonaises et ukrainiennes.

17. L'assassinat d'environ trois mille Tziganes, enfants, femmes et hommes, s'est déroulé dans la nuit du 2 au 3 août 1944. Deux autres gazages massifs avaient déjà eu lieu en mars et mai 1943. De très nombreux Tziganes sont morts des conditions effroyables qui leur étaient imposées dans ce secteur « B II e » dit « camp des Tziganes ».

[Les SS nous emmènent...]

18. Il pourrait s'agir de l'abbaye de Wilhering.

Fragments

Promesse

19. C'est le cas de Suzanne Birnbaum dans son ouvrage, *Une Française juive est revenue*, pour la sélection qui se déroule fin avril 1944, Ed. Amicale d'Auschwitz, 1947.

Famille

20. Claude Lévy et Paul Tillard, *La Grande Rafle du Vel d'Hiv* (16 juillet 1942), Paris, Robert Laffont, 1992.

21. Danuta Czech, *Auschwitz Chronicle, 1939-1945*, New York, 1990.

22. *Mémorial des 3 943 rescapés juifs de France*, FFDJ, The Beate Klarsfeld Foundation, A. Doulout, S. Klarsfeld, S. Labeau (réalisé à partir des ressources du Service historique de la Défense, Pôle des archives des victimes des conflits contemporains, SHD-PAVCC, Caen).

23. L'administration du camp a produit des « actes de décès » pour celles et ceux entrés et décédés au camp ; pour les Juifs, uniquement jusqu'en mars 1943. Ces actes ne concernent pas la majorité des déportés vers Birkenau qui étaient gazés dès leur arrivée. L'acte de décès de Marcel porte le numéro 23222/1942, Archives du Musée d'État d'Auschwitz. Ces actes qui invoquent des causes psychologiques masquent la réalité génocidaire effective, perpétuée par les brutalités, les conditions mortifères, les sélections-gazages.

24. Son acte de décès est le 35534/1942, Archives du Musée d'État d'Auschwitz. Entre son acte et celui de Marcel, entre la fin août 1942 et la mi-octobre 1942, ce sont donc 12 312 Juifs qui sont morts au camp, en dehors des gazages organisés à l'arrivée.

25. Lettre manuscrite appartenant à Lydie Mandel-Oppenheimer, déposée au Mémorial de la Shoah. L'orthographe est rectifiée.

26. *Idem*. Un homme du nom de Kolsky habitait aussi au 37 rue Piat. Il a été lui-même déporté début mars 1943.

27. En juin 1943, elle quitte Chaudes-Aigues pour l'Isère et Saint-Pierre-d'Allevard. (Olivier Dzik)

28. Plus au nord, le massacre d'Oradour-sur-Glane avait eu lieu deux jours avant, le 10 juin. À noter, les

notices du dictionnaire *Maitron* relatives à la famille utilisent l'orthographe « Frydman ».

29. Deux années après les faits, une note des RG (3e 1° 7789) en date du 2 février 1944 récapitule les faits et le parcours de Samuel en France depuis son entrée en 1930. Les dates de l'enchaînement des événements sont erronées : la première erreur concerne sa libération de Drancy intervenue en novembre 1941 et non en août 1942. Le fonctionnaire de police a dès lors tissé son histoire postérieure en s'appuyant sur des dates fausses et en produisant de nouvelles erreurs.

30. Dans l'état actuel des connaissances. Outils sollicités : *Mémorial de la Déportation des Juifs de France*, S. Klarsfeld, FFDJF, 2012.

31. Dans le cadre de la rafle dite du Vel d'Hiv, d'une manière générale, les familles avec enfants ont été, dans leur majorité, orientées depuis le Vel d'Hiv vers les camps de Beaune-la-Rolande et Pithiviers d'où elles ont été, dans les jours et semaines suivants, déportées directement à Auschwitz-Birkenau ; les adultes sans enfants ont été envoyés vers Drancy.

Espérance

32. Au numéro 114. Désormais rue Jean-Pierre Timbaud.

33. La famille Dzik est peut-être également originaire de Kozienice bien que les documents relatifs au père, Nuchim, indiquent qu'il est né à Kalustyn.

34. Devenue place du Colonel Fabien en 1945.

35. Il a fait l'objet d'un rapport des Renseignements généraux, en janvier 1944, établissant l'insuccès de la recherche le concernant dans la région parisienne et revenant sur son action depuis son entrée en France en 1930. On y lit que « cet étranger » qui était tailleur n'était « venu à Paris que dans le seul but de se livrer à la propagande extrémiste ». Il est identifié comme un membre actif des Jeunesses communistes et du « Service rouge international ». Expulsé en 1930, il ne serait parti qu'en 1932 avant de revenir en France. Il aurait été délégué au 2e congrès national de la Jeunesse ouvrière et paysanne qui s'est tenu à la Grange aux Belles en octobre 1930 (Paris 11e). Archives, Préfecture de police, RG, 5e section.

36. Ces photographies sont accessibles sur les sites Internet des mémoriaux et associations.

Remerciements à Raphaël Esrail, Françoise Thébaud, Alain et Marie-Claude Ernot, Olivier Dzik, Claude Dumond, Frédéric Tchorbadjian, Pascal Lamorisse et les Films Montsouris.

PHOTOS ET SOURCES

Photo page 9 : Portrait d'Esther Dzik. France, 25/07/1941. Mémorial de la Shoah/coll. Esther Senot.

Citation page 83 : *L'Héritage nu*, Aharon Appelfeld, Éditions de l'Olivier, 2006, pour la traduction française.

Photo page 84 : Archives familiales d'Esther Senot/Fanny.

Photo page 95 : Yad Vashem, Hall of Names, Page of Testimony for Nuchim et Gela Dzik.

Photo page 106 : Achille. Mémorial de la Shoah/coll. Esther Senot.

Photo page 107 : Portrait de Maylich Dzik avec d'autres internés au camp de Pithiviers. France, 05/01/1942. Mémorial de la Shoah/coll. Esther Senot.

Photo page 109 : Chil Mandel posant avec son épouse Bajla et leur fille Lydie, Paris. France, vers 1931. Mémorial de la Shoah/coll. M. Oppenheimer.

Photo page 113 : Idesa et Szmul Frydman posant avec leurs enfants Marcel et Paul. Sans lieu, avant la guerre. Mémorial de la Shoah/coll. Serge Klarsfeld.

Photo page 115 : Archives familiales d'Esther Senot/la famille en Pologne.

Photo page 117 : document d'archive de la Préfecture de Police/Israël.

Photo page 119 : Archives familiales d'Esther Senot/ Maurice, son épouse et le petit garçon.

Photo page 121 : Archives familiales d'Esther Senot/ Samuel.

Plan page 124 : Plan parcellaire municipal de Paris, fin XIXe, Archives de Paris, PP/11984/B.

Photo page 134 : capture d'écran du *Ballon rouge*, d'Albert Lamorisse, Films Montsouris, 1956.

TABLE

Composition et mise en pages
Nord Compo à Villeneuve-d'Ascq

Cet ouvrage a été imprimé
par Estella Graficas
Pour le compte des éditions Grasset
en avril 2021

N° d'édition : 21964 – N° d'impression : 37574
Dépôt légal : avril 2021
Imprimé en Espagne